Le Roman de Renart

Le Moyen Âge
dans la même collection

Aucassin et Nicolette

Les Chevaliers du Moyen Âge (anthologie)

Chrétien de Troyes, *Perceval ou le Conte du graal*

Yvain ou le chevalier au lion

Fabliaux du Moyen Âge (anthologie)

La Farce du Cuvier et autres farces du Moyen Âge

La Farce de maître Pathelin

Marie de France, *Lais*

Robert de Boron, *Merlin*

Le Roman de Renart

Le Roman de Renart
Extraits

Traduction de Jean Dufournet et Andrée Mélines
adaptée par Monique Lachet-Lagarde
Édition de Monique Lachet-Lagarde

Étonnants Classiques
GF Flammarion

ISBN : 2-08-072014-7

PRÉSENTATION

Renard ou Goupil ?

Comment fut composé le Roman de Renart

Rusé Renart

Le monde animal et la société du Moyen Âge

À mes parents

Je remercie M. Jean Dufournet pour la confiante amitié dont il me gratifie, et Claude pour ses conseils éclairés.

Renard ou Goupil ?

Savez-vous qu'avant le XIe siècle le renard n'existait pas ? On disait : le goupil. Chose extraordinaire : depuis le roman qui conte les aventures d'un certain goupil nommé Renart, tous les goupils sont désignés par ce nom propre devenu commun : Renard.

Comment fut composé *Le Roman de Renart* ?

Le Roman de Renart rassemble plusieurs contes (ou branches) très différents les uns des autres. Ils ont été écrits en vers de huit syllabes (octosyllabes) entre 1171 et 1250 par une vingtaine d'auteurs, dont certains nous sont connus, comme Pierre de Saint-Cloud, qui a commencé la rédaction du roman, ou Richard de Lison et le prêtre de la Croix-en-Brie. Tous étaient des hommes cultivés et des ménestrels (musiciens et chanteurs ambulants). Ils s'inspirèrent surtout de recueils de fables latines, du folklore universel, et d'un conte médiéval plus ancien, rédigé vers 1150 par le moine flamand Nivard : *Ysengrinus*, qui met en scène la rivalité entre un loup nommé Ysengrinus et Reinardus le goupil. Chacun des auteurs du *Roman de Renart* a apporté sa contribution à ce roman, greffant sa branche au tronc initial.

RUSÉ RENART.

Le Roman de Renart est donc un récit multiple où chaque auteur, brodant sur le même thème, a modelé les personnages et le récit selon son goût. Renart est par moments plaisant, mais aussi inquiétant, farceur ici et cynique là, habile comédien ou symbole du mal absolu. Le roman lui-même ressemble tantôt à une fable, tantôt à une épopée (récit d'aventures) amusante. Le ton des épisodes est aussi très varié, sérieux aussi bien que burlesque ou ironique.

La ruse est pourtant constamment présente : au cours du récit apparaissent et réapparaissent les mêmes personnages, alliés ou ennemis de Renart, qui se font tous berner à un moment ou à un autre par notre goupil, ce trompeur exceptionnel et séduisant, qui se laisse pourtant duper lui-même par plus petit que lui. Ses victimes sont le roi Noble, le lion et la reine Fière, Isengrin le loup et sa femme Hersant, Tibert le chat, Brun l'ours, Couard le lièvre, etc. Plusieurs fois promis à la corde, sauvé du gibet in extremis par divers coups de théâtre, Renart n'est pas invulnérable : il est souvent maltraité, mais il sort toujours vivant de ses épreuves. Et ce qui le sauve, c'est son habileté à manier la parole.

Le monde animal et la société du Moyen Âge.

Le Roman de Renart dépeint les attitudes et les gestes familiers des bêtes, mais ces bêtes ressemblent souvent à des êtres humains. Elles ont les habitudes et les pratiques des hommes de la société du Moyen Âge : siège, duel, pèlerinage, croisade, moniage (état de moine), fréquentation de la cour du roi. Le jour où Renart médecin guérit le roi, il reçoit deux châteaux en remerciement… Elles en ont aussi les défauts, et les auteurs du *Roman de Renart* ne manquent pas de critiquer à travers elles les paysans grossiers et avides, les prêtres illettrés et cupides, les moines bien nourris dans leurs abbayes, les femmes sensuelles et inconstantes, les courtisans flatteurs ou hypocrites, dans une société où règnent la tromperie et la méchanceté.

Mais cette peinture du monde médiéval est avant tout un divertissement et l'on prend surtout plaisir à lire cette succession de péripéties pittoresques qui ne viennent jamais à bout de Renart.

CHRONOLOGIE

Repères historiques

1095-1099 **Première Croisade** prêchée par le pape à Clermont.
Prise d'Antioche et de Jérusalem par les Croisés dont Godefroi de Bouillon.

1147-1150 **Deuxième Croisade** à laquelle participe le roi de France Louis VII.

1163 Début de la construction de Notre-Dame de Paris.

1180 Philippe Auguste, roi de France jusqu'en 1223.

1187 Saladin, sultan d'Égypte et de Syrie, reprend Jérusalem aux Croisés.

1191 Début de la **Troisième Croisade**. Prise de Saint-Jean-d'Acre par le roi Philippe Auguste et les Croisés.
Richard Cœur de Lion reprend Chypre aux Sarrasins.

1202-1204 **Quatrième Croisade**. Prise de Constantinople par les Croisés.
Fondation de l'empire latin de Constantinople.

1209 Début de la croisade contre les Albigeois (habitants de la région d'Albi ayant adopté la religion cathare considérée comme hérétique par le pape).

1214 Victoire de Philippe Auguste contre une coalition anglaise, allemande et flamande à Bouvines.

Repères littéraires

Vers 1100 **Chanson de Roland** : chanson de geste.

Vers 1150 **Ysengrinus** de Nivard.

1170-1179 Pierre de Saint-Cloud rédige la première branche du **Roman de Renart**.

1165-1190 Romans de Chrétien de Troyes.

1195-1200 **Aucassin et Nicolette**, chantefable.

Repères historiques

1218-1222 **Cinquième Croisade**.

1226 Louis IX, roi de France jusqu'en 1270.

1228 **Sixième Croisade**.

1248 **Septième Croisade** : Louis IX en Égypte.

1257 Robert de Sorbon fonde à Paris la faculté de la Sorbonne.

1270 Mort de Louis IX à Tunis lors de la **Huitième et dernière Croisade.**

Repères littéraires

Vers 1250 Publication des premiers fabliaux (récits courts et plaisants).

LE ROMAN DE RENART

OÙ RENART ACCUMULE LES PLAINTES CONTRE LUI

Renart et Chantecler le coq

Seigneurs, beaucoup de conteurs vous ont raconté beaucoup d'histoires ; cependant, jamais vous n'avez entendu raconter la terrible guerre entre Renart et Isengrin, une guerre terriblement longue et acharnée. Ces deux barons [1], en vérité, n'avaient jamais pu se souffrir; ils s'étaient souvent, c'est vrai, battus et bagarrés. J'en viens à mon histoire. Apprenez donc l'origine de leur dispute.

Il arriva que Renart, ce vaurien qui avait toujours plus d'un tour dans son sac, se dirigea vers une ferme, située dans un bois. Elle abritait des quantités de poules et de coqs, de canes et de canards, de jars et d'oies. Le jardin était bien clos de gros pieux de chêne pointus, renforcés de buissons d'aubépine :

1. *Barons* : nobles personnages.

impossible d'en venir à bout, même en se cachant ou en sautant. Il ne veut pas pour autant renoncer aux poules. Il s'est accroupi au milieu du chemin, il s'agite, il tend le cou de tous côtés. Il calcule que, s'il saute, comme il retombera d'une certaine hauteur, on le verra et les poules iront se tapir sous les ronces. Il ne cesse de s'aplatir puis de se redresser. Or voici qu'à l'angle de la clôture il aperçoit un pieu brisé qui lui permet de se glisser à l'intérieur. En face de cette brèche [1], le paysan avait planté des choux. Renart s'en approche, il traverse la clôture et se laisse tomber comme une masse pour ne pas être vu. Mais les poules tendent le cou, car elles l'ont aperçu au moment de sa chute, et chacune s'empresse de fuir.

Messire Chantecler, le coq, dans un sentier voisin du bois, s'étant glissé entre deux pieux par la rigole, s'était juché sur un tas de fumier. Il va au-devant d'elles, fier et majestueux, les pattes emplumées, le cou dressé, et il leur demande pourquoi elles s'enfuient vers la maison. C'est Pinte qui parla, Pinte la plus savante, Pinte qui pondait les gros œufs et se perchait à la droite du coq. Elle lui dépeignit la situation :

1. *Brèche* : ouverture.

« Nous avons eu peur.

— Pourquoi ? Qu'avez-vous vu ?

— Je ne sais quelle bête sauvage qui ne tardera pas à nous faire du mal si nous ne vidons ces lieux.

— Ce n'est rien du tout, je vous l'assure, dit le coq, n'ayez aucune crainte : ici vous êtes en sûreté.

— Par ma foi, reprit Pinte, je l'ai vu. Je vous le jure, je l'ai bel et bien vu.

— Et comment l'avez-vous vu ?

— Comment ? J'ai vu la clôture remuer, et les feuilles du chou trembler à l'endroit où se tient celui qui est tapi.

— Pinte, dit-il, n'insistez pas. Vous n'avez rien à craindre, je vous le dis car, par la foi que je vous dois, je ne connais pas de putois ni de goupil[1] assez audacieux pour pénétrer dans le potager. C'est une plaisanterie. Retournez où vous étiez. »

Chantecler se dirigea alors vers son tas de fumier sans nulle crainte de goupil ou de chien. Il n'avait aucune crainte car il s'imaginait en sûreté. Il était tout à fait serein, dans l'ignorance de ce qui lui pendait au nez. Il ne s'inquiéta pas : quelle folie ! Un œil ouvert et l'autre fermé, une patte repliée

1. *Goupil* : ancien mot pour désigner le renard.

et l'autre tendue, il s'est posté à côté d'un toit.

Une fois en place, en volatile las de chanter et de veiller, il sombra dans le sommeil. Pendant qu'il s'abandonnait aux délices du sommeil, il se mit à rêver. Ne me prenez pas pour un menteur, si je vous dis qu'il rêva que je ne sais quelle chose se trouvait à l'intérieur de la cour pourtant bien fermée. Il lui semblait qu'elle s'approchait de lui : il en était tout frissonnant. Cette chose portait une pelisse[1] rousse, avec une bordure faite d'os, et elle la lui enfilait de force sur le dos. Chantecler était tourmenté par ce songe qui l'agitait ainsi, pendant qu'il dormait. Et cette pelisse l'intriguait fort car son encolure était toute de travers et il l'avait mise à l'envers. Il se sentait à l'étroit dans le collet[2]; il était si angoissé qu'il finit par s'éveiller. Mais ce qui l'a le plus étonné, c'est que le ventre de la pelisse était blanc et qu'il l'enfilait par l'encolure si bien que sa tête se trouvait en bas et sa queue dans l'encolure. Ce songe le fait sursauter. En effet, il se croit en mauvaise posture à cause de l'effrayante vision qu'il a eue. S'éveillant tout à fait, le

1. *Pelisse* : veste ou manteau doublé de fourrure.
2. *Collet* : col d'un vêtement.

coq dit : « Saint Esprit, empêche qu'aujourd'hui on ne me fasse prisonnier et garde mon corps sain et sauf ! » Alors, à vive allure, il s'en retourna, très préoccupé, vers les poules blotties sous les buissons d'aubépine. Il ne s'arrêta pas avant de les avoir rejointes. Il appela Pinte qui avait toute sa confiance et l'emmena à l'écart :

« Pinte, inutile de te le cacher : je suis affreusement triste et bouleversé. Je redoute d'être surpris par un oiseau ou une bête sauvage qui peut bientôt nous faire du mal.

— Eh là ! fait Pinte, mon cher seigneur vous ne devez pas parler de la sorte. C'est mal de nous effrayer. Je vais vous dire quelque chose, approchez-vous. Vous ressemblez au chien qui aboie avant d'avoir reçu la pierre. Pourquoi cet effroi ? Dites-moi donc ce qui vous arrive.

— Quoi ? dit le coq ; vous ne savez pas que j'ai fait un rêve étrange, près de ce trou là-bas, à côté de la grange. — Ah ! quelle horrible vision ! — ce qui explique que vous me voyez si pâle. Je vais vous raconter mon rêve d'un bout à l'autre sans omettre le moindre détail. Sauriez-vous m'éclairer de vos conseils ? »

Chantecler raconte alors son rêve à Pinte qui le lui explique : Renart le guette et va le croquer

Après avoir entendu l'explication que Pinte donnait à son rêve, Chantecler dit :

« Pinte, tu es complètement folle. Tu m'insultes en prétendant que je serai surpris et que la bête est déjà dans le potager pour m'emporter de force ! Maudit soit celui qui jamais le croira ! Tu ne m'as rien dit de sérieux. Jamais je ne croirai — je touche du bois ! — que ce rêve puisse me porter malheur.

— Sire, dit-elle, que Dieu vous accorde d'avoir raison ! Mais si les choses ne se passent pas comme je vous l'ai dit, je consens, sans conteste, à ne plus jamais être votre amie.

— Pinte, dit-il, la discussion est close ! »

Comme il ne prenait pas le rêve au sérieux, il s'en retourna alors vers son tas de fumier se chauffer au soleil et puis il se remit à sommeiller. Quand Renart fut sûr de son coup (jugez de son extrême prudence et de son extraordinaire habileté), quand il vit que l'autre dormait, il s'approcha de lui sans plus attendre, ce Renart qui estropie tout le monde et connaît tant de méchants tours.

Un pas, puis un autre, sans se presser, il avança tête baissée.

Renart n'eut pas plus tôt aperçu Chantecler qu'il voulut le happer. Il manqua son coup, faute de patience, et Chantecler sauta de côté. Le coq n'eut pas de peine à reconnaître Renart et il se réfugia sur le fumier. Devant cet échec, Renart pesta contre sa malchance, puis aussitôt il chercha le moyen de tromper Chantecler car, s'il ne le mangeait pas, alors il aurait perdu son temps.

« Chantecler, dit Renart, ne te sauve pas, n'aie pas peur ! Je me réjouis de te voir bien portant car tu es mon cousin germain. »

Rassuré, Chantecler lança une joyeuse chanson. Et Renart dit encore à son cousin :

« Te souviens-tu de Chanteclin, ton bon père qui t'engendra ? Aucun coq ne put jamais égaler son chant qui s'entendait à plus d'une lieue. Il atteignait des notes très aiguës — avec quel souffle ! — les yeux fermés, la voix puissante. Ah ! il ne voyait pas loin quand il chantait couplets et refrains ! »

Chantecler dit : « Cousin Renart, vous cherchez à m'attraper par ruse ?

— Non, non, dit Renart, pas du tout ! Mais chantez donc en fermant les yeux. »

Chantecler dit : « Éloigne-toi un peu plus

de moi et je te chanterai une chanson. Il n'y aura personne dans le voisinage qui n'entende ma voix de fausset[1]. » Ces paroles firent sourire Renart :

« Allez-y, chantez bien haut, cousin ! » Chantecler se mit alors à lancer des notes aiguës, puis un cocorico, un œil fermé, l'autre ouvert, tant sa peur de Renart était grande. Souvent, il regardait de son côté. Renart dit : « C'est tout ? Avec Chanteclin, c'était bien autre chose ! Il chantait longtemps, les yeux fermés. On l'entendait bien à vingt fermes à la ronde. » Chantecler le crut. Aussi s'abandonna-t-il à sa mélodie, fermant les yeux, de toutes ses forces. Sans vouloir attendre davantage, Renart sauta de dessous un chou rouge, saisit le coq par le cou et prit la fuite, ravi d'être tombé sur une proie. Lorsque Pinte vit que Renart emportait Chantecler, elle s'affligea devant ce spectacle, disant : « Seigneur, je vous avais prévenu et pourtant vous ne cessiez de vous moquer de moi, et vous me traitiez de folle. Pauvre malheureuse que je suis, c'en est fini de moi puisque, en perdant mon seigneur et mari, j'ai perdu à jamais mon rang ! »

La brave fermière ouvrit la porte de son

1. *Voix de fausset* : voix de tête, souvent suraiguë.

jardin. En effet, comme le soir tombait, elle voulait faire rentrer ses poules. Elle appela Pinte, Bise et Rosette : aucune ne rentrait. Ne les voyant pas arriver, elle se demanda ce qu'elles pouvaient faire. Elle s'époumona à appeler son coq, lorsqu'elle vit Renart qui l'enlevait. Alors elle s'avança pour le secourir, mais le goupil se mit à courir. Quand elle vit qu'elle ne réussirait pas à l'attraper, elle décida de crier.

« Au secours ! » hurla-t-elle. Les paysans, qui jouaient au ballon quand ils entendirent ses cris, se précipitèrent tous vers elle et lui demandèrent ce qui lui arrivait. [...]

Elle leur raconte comment Renart a attaqué son poulailler. Ils s'élancent alors à la poursuite du voleur

A force de courir, ils l'aperçurent enfin. Et tous de s'écrier : « Le voilà ! » Or Chantecler avait compris que, s'il voulait se tirer d'affaire, il devait trouver une ruse.

« Comment, dit-il, seigneur Renart, n'entendez-vous donc pas toutes les injures que vous lancent ces paysans ? Constant vous talonne, lancez-lui donc un de vos bons mots en passant cette porte. Quand il dira : "Renart l'emporte !" vous pouvez lui rétorquer : "Bien malgré vous !" Rien ne pourrait le mortifier davantage. » Aucun sage n'est à l'abri d'une folie. Renart, le trompeur universel, fut, cette fois-là, bel et bien trompé. Il cria d'une voix forte :

« C'est bien malgré vous si j'emporte ma part de celui-ci ! »

Lorsque Chantecler sentit les mâchoires se desserrer, il battit des ailes et s'empressa de fuir. Il s'envola sur un pommier tandis que Renart restait en bas sur un tas de fumier, grognon, penaud et dépité d'avoir laissé échapper sa proie. Chantecler lui rit au nez :

« Renart, que dites-vous de cela ? Que pensez-vous de notre monde ? »

Le coquin frémit, trembla et lui lança avec méchanceté :

« Maudite soit la bouche qui s'avise de faire du bruit alors qu'il lui convient de se taire ! [...]

— Cousin Renart, dit Chantecler, personne ne peut vous faire confiance. La peste soit de votre parenté. Il a failli m'en cuire. Parjure[1] que vous êtes, déguerpissez ! Si vous vous attardez ici, vous y laisserez votre pelisse ! »

Insensible à ce bavardage, Renart jugea

1. *Parjure* : qui ne respecte pas son serment.

inutile d'en dire plus et s'en retourna sans prendre le temps de se reposer, affamé, sans force. A travers des broussailles qui bordaient un champ, il prit la fuite en suivant un sentier.

Renart et la mésange

Au comble de la tristesse, Renart se lamente : le coq lui a échappé sans qu'il s'en soit rassasié.

Tandis qu'il se plaint de cette tromperie, voici que survient une mésange, sur la branche d'un chêne creux où elle avait caché ses œufs. Renart la voit et la salue :

« Ma commère [1], soyez la bienvenue. Descendez donc m'embrasser !

— Renart, dit-elle, taisez-vous. Vous seriez réellement mon compère si vous n'étiez une telle canaille. Mais vous avez dupé tant d'oiseaux, tant de biches, qu'on ne sait plus à quoi s'en tenir avec vous. Où croyez-vous que cela vous conduise ? Les diables vous ont tant corrompu qu'il est devenu impossible de vous croire.

1. *Commère, compère* : à l'origine marraine et parrain d'un enfant baptisé. Dès le Moyen Âge ces mots sont des appellations familières d'amitié : ami(e), compagnon, compagne.

— Dame, répond le goupil, aussi vrai que votre fils est réellement mon filleul par un authentique baptême, jamais je ne vous ai donné aucune raison de vous plaindre de moi. Et savez-vous pourquoi? Il est juste que nous vous le disions. Messire Noble, le lion, a maintenant proclamé partout la paix et, s'il plaît à Dieu, ce sera pour longtemps. Il l'a fait jurer à travers son royaume et il a fait promettre à ses vassaux de la respecter et de la maintenir. Les petites gens s'en réjouissent car voici venu le moment où, en de nombreux pays, s'apaiseront les querelles, les conflits et les guerres meurtrières. Et les bêtes, petites ou grandes, Dieu soit loué! seront bien tranquilles. »

La mésange répond alors :

« Renart, vous êtes en train de me tromper. Mais, s'il vous plaît, cherchez quelqu'un d'autre car moi, vous ne m'embrasserez pas d'aujourd'hui. Vous aurez beau parler, je ne vous accorderai pas ce baiser. »

Renart, voyant que la commère refuse de croire son compère, reprend :

« Dame, écoutez-moi, de grâce! Si je vous fais peur, je vous donnerai un baiser les yeux fermés.

— Par ma foi, dit-elle, j'y consens. Fermez donc les yeux ! »

L'autre s'exécute. La mésange prend une grosse poignée de mousse et de feuilles. Comme elle n'a aucune envie de l'embrasser, elle lui en frotte la moustache et, au moment où Renart s'imagine l'attraper, ses dents ne prennent qu'une feuille accrochée à la moustache. La mésange lui crie :

« Eh ! Renart, la belle paix que voilà ! Encore un peu et vous rompiez la trêve si je ne m'étais pas reculée ! Vous disiez que la paix était officiellement proclamée. Votre souverain ne l'a pas bien conclue. »

Renart se met à rire dans un glapissement :

« En vérité, je plaisantais. J'ai voulu vous faire peur. Mais qu'importe ! Recommençons. Je vais fermer les yeux une autre fois.

— Alors, dit-elle, restez tranquille ! »

L'autre, le roi des tricheurs, ferme les yeux. La mésange s'approche de son museau, le frôle, mais elle se garde d'y entrer. Renart, une fois de plus, a donné un coup de dent, croyant la happer : nouvel échec !

« Renart, fait-elle, qu'est-ce que cela signifie ? Je ne pourrai plus jamais vous croire. Comment cela serait-il possible ? Si je vous fais encore confiance, que l'enfer me brûle ! »

Renart dit :

« Quelle peureuse vous faites ! Je voulais simplement vous effrayer et vous mettre à l'épreuve car, en vérité, je n'ai nullement l'intention de vous trahir ni de vous tromper. Mais recommencez donc encore une fois ! La troisième fois, c'est la bonne. Au nom de la charité divine, au nom du bien et du vrai, ma chère commère, levez-vous ! Par la foi que vous me devez et par celle que vous devez à mon filleul qui gazouille là, sur ce tilleul, faisons la paix. A tout pécheur miséricorde[1]. »

Mais elle fait la sourde oreille car elle n'est ni folle, ni stupide : Au lieu de l'écouter, elle se perche sur la branche d'un chêne. Tandis que Renart plaide ainsi sa cause, voici que des chasseurs, des valets de chiens et des sonneurs de cors lui sont tombés dessus. Renart n'en revient pas. Il se dispose à fuir, redressant la queue en arc. Les valets hurlent, trompes et cors résonnent, et Renart prend la poudre d'escampette, car il leur fait peu confiance. Et la mésange lui lance :

1. *A tout pécheur miséricorde* : toute faute mérite pardon.

« Renart, voilà un accord bien vite rompu, tout comme cette paix dont vous parliez. Où fuyez-vous ? Revenez donc ici ! »

Renart, qui était habile et sage, s'en est tiré par une pirouette. Il s'éloigne tout en parlant :

« Dame, la trêve a été bien jurée, confirmée, signée, et même la paix. Mais on ne le sait pas partout. Ce sont de jeunes chiens qui nous arrivent et cette paix, que leurs pères respectent déjà, ils ne l'ont pas encore jurée : ils étaient encore trop jeunes pour participer à la cérémonie le jour où leur père et leur grand-père ont juré la paix.

— Vraiment, vous avez l'esprit mal tourné. Les croyez-vous capables d'enfreindre la paix ? Revenez ici et embrassez-moi !

— Je n'en ai pas le temps maintenant ! »

Renart préfère en rester là, et il s'enfuit en familier des chemins de traverse. Mais voici que survient un moine qui tenait en laisse deux molosses. [...]

Renart, sans perdre un instant, des éperons pousse à fond son cheval. Par un sentier, le long d'un vallon, il traverse une plaine au galop. Les cris, qui redoublent derrière lui, lui font accélérer l'allure. Il atteint une route, la traverse, franchit un large fossé. Là, les chiens abandonnent car ils ont perdu sa trace. Et Renart, si habile à donner le change, n'attend pas son reste car il redoute fort les morsures des mâtins[1]. Rien d'étonnant s'il est exténué : il a, ce jour-là, couru tant et plus mais il a joué de malchance. Qu'importe ? Le voici maintenant en lieu sûr. Comme il a souffert par manque de chance !

Renart et Tibert le chat

Tandis que Renart déplore sa mésaventure, il finit par découvrir, dans une rue, Tibert le chat qui se divertit sans suite et sans escorte. Il joue avec sa queue, tourne en rond, multiplie les gambades. Au beau milieu d'un saut, il regarde autour de lui et remarque Renart qui l'observe. Il le reconnaît à son poil roux.

« Seigneur, dit-il, soyez le bienvenu ! »

Et l'autre de répliquer brutalement :

« Tibert, je ne vous salue pas. Ne vous trouvez jamais sur mon chemin, car, soyez-en sûr, je vous frapperais avec plaisir, si l'occasion m'en était donnée. »

1. *Mâtin* : gros chien de garde.

Tibert a intérêt à se taire, car Renart est fort en colère : le chat se tourne vers le goupil, l'air affable[1], sans chercher querelle :

« Sire, lui dit-il, je suis vraiment navré que vous soyez irrité contre moi. »

Comme le jeûne[2] et les mauvais traitements ont passablement affaibli Renart, il renonce pour le moment à chercher querelle, d'autant qu'il n'a rien mangé de la journée et que Tibert est frais et dispos, moustaches blanchies par l'âge, petites dents pointues et longues griffes prêtes à égratigner. Si Renart cherche à le terrasser, je crois qu'il ne se laissera pas faire; mais Renart ne veut pas engager le combat contre Tibert, car il a la peau déchirée en plus d'un endroit. Il tient donc un autre langage.

« Tibert, fait-il, j'ai entrepris une guerre terrible et implacable contre mon compère Isengrin. Aussi ai-je enrôlé beaucoup de soldats et je voudrais vous prier de rester à ma solde[3], car, avant que nous n'en arrivions, lui et moi, à une trêve, j'ai dans l'idée que je lui causerai bien des tracas. »

Tibert le chat ne se sent plus de joie à la

1. *Affable* : aimable.
2. *Jeûne* : privation de nourriture.
3. *À ma solde* : à mon service, payé par moi.

proposition de sire Renart, et, le regardant droit dans les yeux :

« Tenez, lui dit-il, je m'engage à ne jamais vous faire faux bond et à attaquer bien volontiers le seigneur Isengrin qui m'a fait du mal en paroles et en actes. »

Renart l'a tellement amadoué que tous deux sont tombés d'accord et s'en vont liés par un serment. Renart, qui est d'une nature méchante, ne cesse pour autant de haïr Tibert, et projette un mauvais coup. Comme il parcourt du regard un étroit sentier, il aperçoit près de l'ornière, entre le bois et le chemin charretier, un piège de chêne fendu qu'un paysan y a disposé. Comme il est rusé, Renart l'esquive, mais rien n'empêchera Tibert, si l'autre peut l'attirer dans le piège, de passer un bien mauvais quart d'heure. Le goupil[1] lance un rire :

« Tibert, fit-il, si je vous apprécie, c'est que votre bravoure et votre hardiesse sont grandes, et que votre cheval est d'une exceptionnelle rapidité. Montrez-moi donc comment il sait courir par ce chemin couvert de poussière. Courez donc la longueur de ce sentier ! Quel beau chemin sans creux ni bosse ! »

1. *Goupil* : ancien nom du renard.

Voici Tibert le chat tout excité et Renart, un vrai démon, qui le pousse à commettre cette folie! Tibert s'apprête à piquer des deux, il court, il court à petits sauts si bien qu'il arrive au piège; alors, il comprend que Renart prépare un mauvais tour, mais il ne fait mine de rien et, pour éviter le piège, recule d'un demi-pied[1]. Mais Renart, qui ne l'a pas quitté des yeux, lui dit : « Tibert, ce n'est pas fameux! Vous menez votre cheval de travers. » L'autre s'étant un peu éloigné :

« C'est à refaire, continue Renart, allez, chargez de nouveau en le guidant un peu plus droit!

— D'accord; mais comment m'y prendre?

— Comment? Allez tout droit sans faire d'écart ni sortir du chemin. »

Tibert laisse courir son cheval ventre à terre jusqu'au piège : il ne fait pas d'écart, mais saute par-dessus. Renart, qui l'a vu faire, se rend compte que l'autre n'est pas dupe et qu'il ne parviendra pas à le tromper. Il se creuse la tête : comment l'embobeliner? Il va au-devant de lui, et lui lance sur un ton de colère et de défi :

« Tibert, je me permets de vous le dire :

1. *Un pied* : environ trente centimètres.

votre cheval est un vrai tocard, et il perd sa valeur marchande à faire des écarts et des sauts. »

Tibert le chat repousse avec force les accusations du seigneur Renart. Il accélère l'allure, recommence sa course plusieurs fois. Tandis qu'il est en plein effort, voici qu'arrivent à vive allure deux mâtins. A la vue de Renart, ils se mettent à aboyer, effrayant les deux compagnons qui s'enfuient par le sentier, l'un poussant l'autre, si bien qu'ils parviennent juste à l'endroit où le piège est tendu. Renart le voit, croit l'éviter, mais Tibert, qui le serre de près, le frappe du bras gauche si bien que l'autre tombe du pied droit dans le piège : la clé saute et, en parfait état de marche, les trappes se referment, au grand dam[1] de Renart, lui emprisonnant le pied. Tibert l'a couvert de gloire en le précipitant dans le piège où il sera roué de coups ! C'est un bien mauvais compagnon qui n'a pas craint d'être parjure. Renart reste, tandis que Tibert s'éclipse, en lui criant à tue-tête :

« Renart, Renart, c'est vous qui resterez. Moi, l'inquiétude me force à partir. Seigneur Renart, le chat n'est pas né d'hier :

1. *Au grand dam* : au grand désespoir.

vous n'avez pas gagné grand-chose avec vos manigances. Vous passerez la nuit ici, je crois. À malin, malin et demi ! »

Renart est maintenant dans de mauvais draps, car les chiens le tiennent à leur merci[1]. Le paysan qui les suit lève sa hache, passe si près de Renart qu'il manque le décapiter, mais le coup glisse sur le piège qui se fend. Alors Renart bouge la patte et la ramène à soi. Grièvement blessé, il s'enfuit à la fois affligé et heureux, affligé d'être blessé, mais heureux de ne pas avoir perdu la patte. [...]

Renart et Tiécelin le corbeau

Entre deux collines, dans une plaine, juste au pied d'une montagne, à droite, en amont d'une rivière, Renart voit un endroit délicieux et fort peu fréquenté où se dresse un hêtre.

Il traverse la rivière pour aller tout droit au pied de l'arbre, il se couche, sur l'herbe fraîche, s'y prélasse, s'étire : le voilà descendu dans une bonne auberge ! Il n'a nulle

1. *Merci* : ici « tenir à sa merci » veut dire « tenir en son pouvoir ».

envie d'en changer pourvu qu'il y trouve de quoi manger. Cette halte le comble de joie. Au contraire, Tiécelin le corbeau, qui n'a rien mangé de la journée, ne se soucie pas de flâner. La nécessité lui a fait quitter le bois et, fendant les airs, il est venu à un enclos discrètement, en tapinois, impatient de passer à l'attaque. Il voit des fromages, un millier, qu'on a mis à sécher au soleil. La femme chargée de les garder était entrée chez elle. Tiécelin, quand il découvre cette aubaine, s'élance. Il en prend un : pour le lui reprendre, la vieille se précipite au milieu de la rue. Elle voit Tiécelin et lui jette des cailloux et des pierres tout en criant :

« Voyou, tu ne l'emporteras pas en Paradis ! »

Tiécelin la voit dans tous ses états :

« La vieille, réplique-t-il, j'ai eu tout le temps de le prendre : mauvaise garde nourrit le loup. Surveillez mieux les autres ! Quant à celui-ci, vous ne le reverrez plus : je vais plutôt en blanchir mes moustaches avec entrain et allégresse. J'ai couru le risque de le prendre en le voyant tendre, crémeux, parfumé. Voilà ce que j'ai obtenu de votre amitié. Si je parviens à le transporter jusqu'à mon nid, je le mangerai tout à mon aise ou cuit à l'eau ou bien rôti. »

Alors il s'en retourne et va directement à l'endroit où se trouve Renart. Un véritable rendez-vous, Renart en bas et l'autre au-dessus, avec cependant cette différence que l'un s'empiffre et que l'autre bâille de faim. Dans le fromage fait à cœur, Tiécelin frappe à grands coups de bec tant et si bien qu'il l'entame. Il en a mangé, malgré la dame qui lui a lancé tant d'injures quand il s'en empara, la partie la plus crémeuse et la plus tendre. Il frappe à coups redoublés, sans se rendre compte qu'il en a fait tomber un petit bout à terre, devant Renart, qui l'a vu. Celui-ci, quand il a reconnu l'animal, hoche la tête puis se redresse pour mieux voir : il découvre, tout en haut, Tiécelin, son compère de longue date, avec le bon fromage entre ses pattes. Amical, il l'appelle.

« Par tous les saints du ciel, que vois-je là-bas ? Est-ce vous, noble compère[1] ? Que repose en paix l'âme de votre père, sire Rohart qui savait si bien chanter ! Plus d'une fois, je l'ai entendu proclamer le meilleur chanteur de France. Vous-même, lorsque vous étiez petit, vous aviez l'habitude de vous exercer laborieusement. Vous en reste-t-il quelque chose ? Chantez-moi une ritournelle ! »

1. *Compère* : ami.

Tiécelin, ainsi encensé[1], ouvre le bec et lance un cri. Renart lui dit : « Fort bien : vous avez fait des progrès, mais si vous le vouliez, vous pourriez atteindre l'octave[2] supérieure. » L'autre, qui se pique de bien chanter, recommence à crier.

« Mon Dieu, s'émerveille Renart, comme votre voix devient claire, comme elle devient pure ! Si vous renonciez à manger des noix, vous chanteriez le mieux du monde. Chantez donc une troisième fois ! »

L'autre s'époumone et, tout à son effort, il ne s'aperçoit pas que sa patte droite se desserre. Et le fromage tombe à terre tout juste aux pieds de Renart. Le coquin, dévoré par la gourmandise, se garde bien d'y toucher car, en plus, s'il en a la possibilité, il a l'intention de s'emparer de Tiécelin. Il a donc le fromage sous le nez. Il se soulève, tant bien que mal, il avance sa patte qui boite, la peau toujours en lambeaux. (Ce sont la patte et le pied que le piège a estropiés.) Il désire que Tiécelin voie tout cela.

« Ah ! Dieu, se plaint-il, que ma part de bonheur fut mince en cette vie ! Que faire, sainte Marie ? Ce fromage sent si fort, il

1. *Encensé* : flatté.
2. *Octave* : huit notes plus haut.

empeste tellement qu'il m'aura bientôt tué. Ce qui me tourmente le plus, c'est que le fromage n'est pas recommandé pour les blessures. Je n'en ai aucune envie, car les médecins me l'interdisent. Ah ! Tiécelin, par pitié, descendez ! Délivrez-moi de cette calamité ! En vérité, jamais je n'aurais fait appel à vos services si je ne m'étais malencontreusement cassé la jambe l'autre jour, dans un piège. C'est un malheur auquel je n'ai pu échapper. Maintenant, je dois prendre du repos, appliquer et étendre des emplâtres[1] jusqu'à réduction de la fracture. »

Ses larmes et ses prières finissent par convaincre Tiécelin qui descend de son arbre ; mais son saut risque de lui coûter cher, si Renard peut l'attraper. Tiécelin n'ose s'approcher ; aussi, le voyant plein d'appréhension, Renart se met-il à le rassurer :

« Par Dieu, dit-il, rapprochez-vous donc ! Quel mal peut vous faire un blessé ? »

Renart se tourne de son côté. L'étourdi, trop confiant, ne le voit même pas bondir. L'autre le rate : quatre grandes plumes seulement lui restent entre les dents. Tiécelin s'écarte, bouleversé par tant d'ingratitude. Il regarde avec attention tout autour de lui.

1. *Emplâtres* : pansements.

« Ah ! Dieu, dit-il, comme j'ai manqué de vigilance aujourd'hui ! Je n'imaginais pas que je serais victime de ce salaud de rouquin, de cet estropié qui m'a arraché quatre plumes à l'aile droite et à la queue. Sa place est en enfer : oui, vraiment, c'est un fourbe, un traître, j'en ai maintenant la preuve. »

Tiécelin est alors dans une rage folle : lorsque Renart veut se justifier, il l'interrompt, peu disposé à entendre sa défense, et il lui dit : « Gardez le fromage ! C'est le seul bien que vous aurez de nous aujourd'hui. J'ai été bien fou de vous croire en vous voyant boiter. » Aux propos grondeurs de Tiécelin, Renart ne répond pas un seul mot. Il se console bien vite de sa déconvenue en mangeant tout le fromage. Il regrette seulement d'en avoir si peu : c'est le meilleur des remèdes.

RENART REPREND SES AVENTURES

Renart et les anguilles

Seigneurs, c'était l'époque où les beaux jours tirent à leur fin et laissent place à l'hiver. Renart était chez lui mais ses provisions étaient épuisées. Quel terrible malheur ! Il n'avait rien à donner, rien à dépenser, ni rien non plus pour reprendre des forces. Contraint et forcé, il prit la route. Avec mille précautions pour ne pas être vu, il traversa un marais couvert de joncs qui s'étendait entre le bois et la rivière, il avança tant et si bien qu'il arriva sur un chemin empierré. Là, il se fit tout petit et, le cou tendu, épia de tous côtés. Il ne savait où aller chercher sa nourriture, pour calmer la faim qui le presse. Il ne savait que décider et se rongeait les sangs. Il s'est alors couché le long d'une haie où il attendra la suite des événements. Or, voici qu'arrivèrent, à vive allure, des marchands avec un chargement de poissons en provenance de la mer. Ils avaient du hareng frais à profusion, car la bise n'avait cessé de souffler de toute la semaine ; ils avaient aussi d'autres variétés de bons poissons, en grande quantité, des gros et des petits, dont leurs paniers étaient pleins à ras bord, des lamproies et des anguilles qu'ils avaient achetées dans les fermes. La charrette était lourdement chargée. Et Renart, le trompeur universel, se trouvait à une bonne portée d'arc. Quand il vit la charrette avec son chargement d'anguilles et de lamproies, il fila en tapinois par les chemins de traverse pour devancer les marchands dans l'espoir de les tromper sans éveiller leur attention. Il s'est couché au milieu du chemin. Écoutez donc comment il les a trompés. Il s'est allongé sur l'herbe pour faire le mort. Le voici, le roi des mystificateurs, qui ferme les yeux, montre les dents, retient son souffle. Avez-vous jamais entendu pareille perfidie ? Il reste là, inerte. Mais voici qu'arrivent les marchands qui ne s'attendaient à rien de tel. Le premier voit Renart, l'examine puis appelle son compagnon :

« Regarde là-bas, c'est un goupil ou un molosse ! »

Quand l'autre l'a vu, il lui crie :

« C'est le goupil ! Va l'attraper, va ! Attention qu'il ne t'échappe pas ! Il faudra qu'il soit bien malin, Renart, pour ne pas nous laisser sa peau ! »

Le marchand presse l'allure, suivi de son compagnon, si bien qu'ils arrivent près de Renart qu'ils découvrent couché sur le dos, et qu'ils ont retourné dans tous les sens, sans plus aucune crainte d'être mordus. Ils évaluent la peau du dos, puis celle de la gorge. Pour l'un, elle vaut trois sous mais l'autre de répliquer : « Grand Dieu ! elle vaut bien quatre sous, et ce serait bon marché. Nous avons encore de la place : jetons-le en haut de notre charrette. Regarde comme la gorge est d'une blancheur parfaite ! »

À ces mots, ils s'avancent et le jettent sur le chariot avant de repartir en se congratulant :

« Pour l'instant, nous en resterons là mais ce soir, chez nous, nous lui retournerons le paletot. »

Ils rient fort de leur plaisanterie que Renart ne prend pas au sérieux, car il y a loin de la coupe aux lèvres[1]. Renart, à plat

1. *Il y a loin de la coupe aux lèvres* : les projets et les réalisations sont deux choses bien différentes.

ventre sur les paniers, en a ouvert un avec les dents et en a retiré plus de trente harengs : il vide pour ainsi dire le panier, se régalant avec un fort bon appétit, sans réclamer ni sel ni sauge. Toutefois, avant de s'en aller, il jettera encore sa ligne, il n'y a pas l'ombre d'un doute. Il attaque l'autre panier où il a plongé le museau. Succès total : il en retire trois chapelets d'anguilles. Renart, qui n'est jamais à court d'idées, les enfila autour de son cou et de sa tête, puis il les arrangea sur son dos qui en est tout recouvert. Maintenant, il peut bien s'en tenir là. Il lui faut trouver le moyen de redescendre à terre mais il n'a pas le moindre marchepied. Aussi se met-il à genoux pour examiner avec attention comment sauter sans danger. Ensuite il s'avance un peu et s'élance, pattes en avant, hors de la charrette pour atterrir sur le chemin, emportant son butin autour du cou. Après avoir ainsi sauté, il dit aux marchands : « Dieu ait votre âme ! Ces quelques anguilles sont à nous, gardez le reste ! »

Les autres, à l'entendre, n'en reviennent pas. Ils crient : « Le goupil ! le goupil ! » Ils bondissent de la charrette dans l'idée de prendre Renart, mais celui-ci ne veut pas les attendre. [...]

« Ah ! Renart, s'exclament-ils, vous êtes

un coquin ! Puissent ces anguilles vous faire crever !

— Seigneurs, je n'ai pas envie de discuter. Vous pouvez dire ce que vous voulez : je suis Renart qui a décidé de se taire. »

Les marchands le poursuivent mais ils ne le rattraperont plus de la journée car son cheval est très rapide. Sans ralentir l'allure, à travers un vallon, il galopa jusqu'à sa propriété. Aussi les marchands ont-ils abandonné la partie tout en se traitant de tous les noms ; fourbus, ils firent demi-tour. Cependant notre goupil continuait à vive allure, habitué à sortir des pires difficultés. Il se dirigea tout droit vers son château où l'attendaient les siens dans une profonde détresse. Renart franchit la clôture. Son épouse s'élança à sa rencontre : c'était Hermeline, une fraîche jeune femme, un modèle de courtoisie et de noblesse, suivie de Percehaie et de Malebranche, les deux frères qui accoururent au-devant de leur père. Il arrivait à petits bonds, le ventre bien rempli, le cœur en fête avec les anguilles autour du cou. Cependant, sans se soucier du qu'en dira-t-on, il a refermé la porte derrière lui, à cause des anguilles qu'il rapportait.

Le voici donc dans sa tour. Ses fils, aux petits soins pour lui, lui ont soigneusement essuyé les jambes, ils ont dépouillé les anguilles qu'ils ont coupées en tronçons. Ensuite, ils ont confectionné des brochettes avec des tiges de noisetier sur lesquelles ils ont enfilé les morceaux. Vite, ils ont allumé le feu, car les bûches ne manquaient pas, ils l'ont attisé en soufflant de tous côtés et ils ont posé les brochettes quand les tisons sont devenus braise.

La tonsure d'Isengrin

Pendant qu'ils faisaient cuire et rôtir les anguilles, voilà que survint monseigneur Isengrin qui avait battu le pays[1] depuis le matin sans aucun succès. Il était tout amaigri à force d'avoir jeûné, car il avait connu des temps très difficiles. Alors, dans un essart[2], il prit la direction du château de Renart dont il vit fumer la cuisine, où l'on avait allumé du feu pour faire rôtir les anguilles que les fils de Renart faisaient tourner sur des broches. Isengrin, quand il flaira cette fumée à l'odeur inhabituelle, commença à renifler et à se pourlécher les

1. *Battu le pays* : sillonné le pays en quête de gibier.
2. *Essart* : terre défrichée en vue de culture.

babines. Il se serait mis volontiers à leur service, s'ils avaient accepté de lui ouvrir la porte. Il s'approcha d'une fenêtre pour tirer l'affaire au clair. Il courut à droite, à gauche, regarda une fois, deux fois, mais il ne put trouver un plan pour se glisser à l'intérieur même moyennant cadeaux ou promesses. En fin de compte, il se résolut à supplier son compère de lui donner, au nom de Dieu un peu, ou beaucoup, de son repas. Il l'appela alors par un trou :

« Seigneur mon compère, ouvrez-moi la porte ! Je vous apporte de bonnes nouvelles que vous trouverez bien agréables. »

Renart l'entendit, il le reconnut parfaitement, mais il ne sourcilla pas et fit la sourde oreille. Isengrin n'en revenait pas, toujours dehors à souffrir de la faim et à baver d'envie. Aussi insista-t-il : « Ouvrez, cher seigneur ! » Renart se mit à rire et demanda : « Qui êtes-vous ? — C'est nous, répond l'autre. — Qui vous ? — C'est votre compère. — Nous vous avions pris pour un voleur. — Non, non, dit Isengrin, ouvrez ! — Attendez donc, répond Renart, que les moines aient fini de manger, ils viennent de se mettre à table. — Comment donc, fait l'autre, il y a des moines ? — Mais non, dit Renart, ce sont plutôt des chanoines, de l'ordre de Tiron. (À Dieu ne plaise que je mente !) Je suis devenu l'un des leurs. — Par Dieu, dit le loup, c'est bien la vérité ? — Oui, par la sainte charité. — Dans ce cas, accordez-moi l'hospitalité ! — Vous ne recevriez aucune nourriture. — Dites-moi donc, vous n'avez pas de quoi ? — Si, par ma foi, dit Renart, mais laissez-moi vous demander : êtes-vous venu ici pour mendier ? — Que non ! Je voulais savoir ce que vous deveniez. — Impossible, coupe Renart. — Et pourquoi donc ? demande le loup. — Ce n'est pas le moment, dit Renart. — Dites-moi donc : mangez-vous de la viande ? — Vous plaisantez, dit Renart. — Que mangent donc vos moines ? — Je vais vous le dire sans détours : des fromages tendres, des poissons à larges têtes. Saint Benoît nous recommande de ne jamais manger plus mal. — Je ne m'en doutais pas, dit Isengrin, je l'ignorais totalement ; mais soyez assez bon pour me loger. Je ne saurais où aller de la journée. — Vous loger ? dit Renart. C'est hors de question ! Personne, à moins d'être moine ou ermite, ne peut loger en ce lieu. Passez votre chemin : inutile d'insister. »

Isengrin, à ces mots, comprit parfaitement qu'il aurait beau faire, il n'entrerait pas chez Renart. Malgré tout, il lui demanda :

« Le poisson, c'est bon à manger? Donnez-m'en au moins un morceau, seulement pour le goûter. Quel bonheur pour ces anguilles d'avoir été pêchées et dépouillées, si vous daignez en manger! »

Renart, passé maître en roublardise, prit trois morceaux d'anguilles qui rôtissaient sur les charbons, cuits à point en sorte que la chair se défaisait et se détachait complètement. Renart en mangea un, il apporta les autres à celui qui attendait à la porte en disant : « Compère, approchez-vous un peu et acceptez par charité de la nourriture de ceux qui sont sûrs que vous serez moine un jour. » Isengrin répliqua : « Je ne suis pas encore fixé sur mon sort, mais c'est bien possible. Quant à la nourriture, très cher maître, passez-la-moi prestement! » L'autre la lui donna, il s'en saisit et eut tôt fait de l'engloutir. Il en aurait mangé bien davantage. Renart demanda : « Comment la trouvez-vous? » Le glouton frémit tout brûlant de convoitise :

« Vraiment, dit-il, seigneur Renart, Dieu vous le rendra. Donnez-m'en encore un morceau, très cher compère, pour m'inciter à faire partie de votre ordre.

— Par vos bottes, dit Renart toujours à l'affût d'un mauvais coup, si vous vouliez être moine, je vous prendrais comme directeur spirituel, car je sais bien que les seigneurs vous éliraient prieur ou abbé avant la Pentecôte.

— Me faites-vous marcher?

— Point du tout, cher seigneur, dit Renart. Sur ma tête, je me permets de vous le dire ; par les reliques de saint Félix, il n'y aurait dans l'église aucun moine aussi beau que vous.

— Aurais-je beaucoup de poissons au point d'être remis de cette maladie qui m'a terrassé? »

Et Renart de lui répondre :

« Autant que vous pourrez en manger. Mais il faut vous faire raser, couper et tondre la barbe. »

Isengrin se mit à gronder quand il entendit parler d'être rasé.

« Ne tardons pas davantage, compère, dépêchez-vous de me raser. » Renart répondit : « Dans peu de temps, vous aurez une grande et large tonsure. Juste le temps de chauffer l'eau. »

Vous allez entendre maintenant une bonne plaisanterie : Renart mit l'eau sur le feu et la fit bouillir. Puis, revenu sur ses pas, il a fait passer la tête du loup par un guichet de la porte. Isengrin tendit bien le cou.

Renart qui le prenait pour un parfait imbécile lui a violemment renversé l'eau bouillante sur la nuque. Quelle méchanceté! Isengrin secoua la tête, montra les dents en faisant une horrible grimace. Il se recula en criant : « Renart, je suis mort ! Puisse-t-il vous arriver malheur aujourd'hui! Vous m'avez fait une tonsure bien trop grande! » Et Renart lui a tiré une langue longue de plus d'un demi-pied.

« Seigneur, vous n'êtes pas le seul. Tout le couvent la porte aussi grande.

— Je pense que tu mens, dit Isengrin.

— Pas du tout, seigneur, ne vous déplaise! Cette première nuit il faut que vous soyez mis à l'épreuve : telle est la règle du saint ordre. » Isengrin dit : « Bien volontiers. Je suivrai tous les commandements de l'ordre, n'ayez aucune crainte à ce sujet. » Et Renart reçut son serment selon lequel le loup ne lui ferait aucun mal et suivrait ses conseils. Il a fait tant et si bien qu'il l'a complètement abruti.

La pêche à la queue

Renart sortit de chez lui par une ouverture qu'il avait faite derrière la porte, et il se rendit aussitôt auprès d'Isengrin qui gémissait lamentablement d'avoir été rasé de si près : il ne lui restait plus ni peau ni poil. Sans plus tarder ni s'attarder, tous deux sont partis, Renart précédant Isengrin, jusqu'à ce qu'ils arrivent près d'un étang.

C'était un peu avant Noël à l'époque où l'on sale les jambons. Le ciel était clair et étoilé. L'étang où Isengrin devait pêcher était si gelé qu'on aurait pu y danser la farandole ; il n'y avait qu'un trou que les paysans avaient fait pour y mener chaque soir leur bétail se changer les idées et boire. Ils y avaient laissé un seau. Renart courut jusque-là ventre à terre et se retourna vers son compère :

« Seigneur, dit-il, approchez-vous. C'est ici que se trouve la foule des poissons, et l'instrument avec lequel nous pêchons anguilles, barbeaux et autres bons et beaux poissons.

— Frère Renart, dit Isengrin, prenez-le donc par un bout et attachez-le-moi solidement à la queue. »

Renart prit le seau qu'il lui attacha à la queue du mieux qu'il put.

« Frère, dit-il, vous devez maintenant rester bien sage, sans bouger, pour que les poissons viennent. »

Là-dessus, il s'est élancé près d'un buisson, le museau entre les pattes, de façon à surveiller le loup. Voici Isengrin sur la glace et le seau dans l'eau qui commença à geler, à emprisonner le seau fixé à la queue. La queue fut scellée à la glace. Isengrin, dans l'espoir de se soulever et de tirer le seau vers lui, s'y est essayé à plusieurs reprises. Désemparé, inquiet, il se décida à appeler Renart d'autant qu'il ne pouvait plus échapper aux regards : l'aube blanchissait déjà l'horizon. Renart releva la tête, regarda autour de lui :

« Frère, dit-il, laissez donc votre ouvrage. Partons, mon très cher ami. Nous avons pris beaucoup de poissons. »

Et Isengrin lui cria :

« Renart, il y en a trop. J'en ai pris plus que je ne saurais le dire. »

Renart se mit à rire et lui dit carrément :

« On perd tout à vouloir tout gagner. »

La nuit s'achevait, l'aube parut. Les sentiers étaient blancs de neige : Monseigneur Constant des Granges, un riche châtelain qui demeurait à côté de l'étang, s'était levé, avec toute sa maisonnée, de fort joyeuse humeur. Au son du cor, il rassembla ses chiens; il fit seller son cheval; ses compagnons poussaient des cris et des clameurs. A ce bruit, Renart détala et courut se cacher dans sa tanière. Mais Isengrin resta en fâcheuse posture : il tira, il tira de toutes ses forces au risque de s'arracher la peau.

Tandis qu'il s'évertuait, un serviteur survint au trot, avec deux lévriers en laisse. A la vue d'Isengrin, il fonça vers lui : l'autre était complètement gelé sur la glace, la nuque pelée. Il l'examina de plus près et cria :

« Le loup ! À l'aide, à l'aide ! »

Les veneurs[1], à son appel, se précipitèrent de la maison et franchirent la clôture avec tous les chiens. Isengrin n'était pas à la noce car le seigneur Constant les suivait bride abattue, en hurlant : « Pied à terre ! Lâchez les chiens, lâchez-les ! » Les valets détachèrent les chiens qui sautèrent sur le loup. Isengrin se hérissa de tous ses poils. Le chasseur excitait les chiens à grands cris. Isengrin se défendit vaillamment, jouant des crocs et des dents : que pouvait-il faire d'autre ? Il aurait mille fois mieux préféré la paix. Le seigneur Constant, l'épée levée, s'approcha de lui pour frapper juste.

Il croyait atteindre la tête, mais le coup frappa ailleurs. L'épée descendit vers la queue qu'elle coupa au ras. Il ne l'a pas raté et Isengrin, quand il eut senti le coup, fit un

1. *Veneurs* : chasseurs.

saut de côté et s'éloigna, mordant tour à tour les chiens qui lui collaient au derrière. Mais sa queue est restée en gage, il en est profondément abattu. Pour un peu, le chagrin lui briserait le cœur ! Au sommet d'une colline, les chiens fourbus s'avouèrent vaincus. Isengrin aussitôt en profita pour déguerpir à toute allure vers le bois, sans cesser d'être sur ses gardes. Une fois arrivé, il jura qu'il se vengerait de Renart, son ennemi à jamais.

Renart et Isengrin dans le puits.

Renart affamé, s'est introduit dans le poulailler d'une abbaye. Son repas lui a donné soif...

Il y avait un puits au milieu de la cour. Le voyant, Renart s'y précipite, tout au désir d'apaiser sa soif; mais impossible d'arriver jusqu'à l'eau.

Le voici donc au puits dont il découvre la largeur et la profondeur. Seigneurs, écoutez bien cette prodigieuse aventure ! Dans ce puits, il y a deux seaux : l'un remonte quand l'autre descend. Et Renart le malfaisant s'est appuyé sur la margelle, irrité, contrarié, perplexe... Soudain, s'avisant de regarder dans le puits et de contempler son reflet, il croit que c'est Hermeline, son épouse bien-aimée, qui se trouve logée à l'intérieur. Troublé et mécontent, il lui demande avec rudesse :

« Dis-moi, que fais-tu là-dedans ? »

L'écho de sa voix remonte. Renart l'entend ; il redresse la tête, il appelle Hermeline une autre fois, et l'écho recommence à monter. Stupéfait d'entendre cette voix, Renart met les pattes dans un seau et, sans même s'en rendre compte, le voici qui descend. Vraiment, quelle fâcheuse aventure ! Une fois dans l'eau, il découvre son erreur.

Renart s'est fourré dans un drôle de pétrin : c'est un coup des démons ! Il se retient à une pierre, il préférerait être à six pieds sous terre... Le malheureux souffre le martyre. C'est le moment de pêcher à la ligne[1] mais personne ne pourrait le dérider. Ah ! il ne donnerait pas deux sous de son intelligence.

Seigneurs, il arriva qu'au même moment, cette même nuit à la même heure, Isengrin quitta sans s'attarder une vaste lande, en quête de nourriture, pressé par une faim cruelle. De fort méchante humeur, il s'est

1. *Pêcher à la ligne* : allusion à l'épisode précédent (Isengrin et la pêche à la queue).

dirigé vers la maison des moines où il s'est rendu au triple galop. Il trouve l'endroit dévasté.

« C'est le pays des démons, dit-il, puisqu'on ne peut trouver ni nourriture, ni rien à sa convenance ! »

Il a fait demi-tour au pas, au trot il est allé au guichet ; le voici arrivé devant le couvent au galop. En chemin, il est tombé sur le puits où Renart le roux prenait du bon temps. Il s'est penché au-dessus du puits, irrité, contrarié, perplexe... Soudain, il s'avise de regarder dans le puits et de contempler son reflet : plus il le voit et plus il le fixe, exactement comme l'avait fait Renart. Il crut que c'était dame Hersant qui était logée à l'intérieur du puits en compagnie de Renart. Sachez qu'il n'en fut pas heureux et qu'il dit : « Quel sort cruel que le mien ! Je suis outragé et déshonoré par la faute de ma femme que Renart le rouquin m'a enlevée et qu'il a entraînée avec lui dans ce puits. Il faut être un sacré voleur sans foi ni loi, pour traiter ainsi sa commère[1], et je n'y peux rien ! Mais si je pouvais l'attraper, je m'en vengerais si bien que je n'aurais plus rien à craindre de lui. » Alors, il a hurlé de toutes ses forces [...] et l'écho est remonté.

1. *Commère* : amie.

Pendant qu'Isengrin se désolait, Renart se tenait tranquille. Il le laissa hurler un moment, puis entreprit de l'appeler :

« Quelle est cette voix, mon Dieu, qui m'appelle ?

— Dis, qui es-tu ? demanda Isengrin.

— C'est moi, votre bon voisin, jadis votre compère, que vous chérissiez plus qu'un frère. Mais on m'appelle feu [1] Renart, moi qui étais maître ès ruses.

— Je respire, dit Isengrin. Depuis quand, Renart, es-tu donc mort ?

— Depuis l'autre jour, répond le goupil. Personne ne doit s'étonner de ma mort car de la même façon mourront tous les vivants. Il leur faudra passer de vie à trépas au jour voulu par Dieu. A présent, mon âme est entre les mains du Seigneur qui m'a délivré du calvaire de ce monde. Je vous en supplie, mon très cher compère, pardonnez-moi de vous avoir mécontenté l'autre jour.

— J'y consens, dit Isengrin. Que toutes ces fautes vous soient pardonnées, compère, dans ce monde et dans l'autre ! Mais votre mort m'afflige.

— Moi au contraire, dit Renart, j'en suis ravi.

1. *Feu* : défunt, mort.

— Tu en es ravi ?

— Oui, vraiment, par ma foi.

— Cher compère, dis-moi pourquoi.

— Parce que, si mon corps repose dans un cercueil, chez Hermeline, dans notre tanière, mon âme est transportée en paradis, déposée aux pieds de Jésus. Compère, je suis comblé, je n'eus jamais une once[1] d'orgueil. Toi, tu es dans le monde terrestre ; moi, je suis dans le paradis céleste. Ici, il y a des prés, des bois, des champs, des prairies. Ici, il y a d'immenses richesses, ici, tu peux voir de nombreuses vaches, une foule de brebis et de chèvres, ici, tu peux voir quantité de lièvres, de bœufs, de vaches, de moutons, des éperviers, des vautours et des faucons... »

Isengrin jure par saint Sylvestre qu'il voudrait bien s'y trouver.

« N'y compte pas, dit Renart. Il est impossible que tu entres ici. Bien que le Paradis soit à Dieu, tout le monde n'y a pas accès. Tu t'es toujours montré fourbe, cruel, traître et trompeur. Tu m'as soupçonné au sujet de ta femme : pourtant, par la toute-puissance divine, je ne lui ai jamais manqué

1. *Once* : ancienne unité de poids, d'environ trente grammes. Ici *once* signifie très petite quantité.

de respect. J'aurais dit, affirmes-tu, que tes fils étaient des bâtards. Je ne l'ai pas pensé une seconde. Au nom de mon créateur, je t'ai dit maintenant l'entière vérité.

— Je vous crois, dit Isengrin, et je vous pardonne sans arrière-pensée, mais faites-moi pénétrer en ce lieu.

— N'y compte pas, dit Renart. Nous ne voulons pas de disputes ici. Là-bas, vous pouvez voir la fameuse balance. »

Seigneurs, écoutez donc ce prodige! Du doigt, il lui désigne le seau et se fait parfaitement comprendre, lui faisant croire qu'il s'agit des plateaux à peser le Bien et le Mal.

« Par Dieu, le père spirituel, la puissance divine est telle que, lorsque le bien l'emporte, il descend vers ici tandis que tout le mal reste là-haut. Mais personne, s'il n'a reçu l'absolution[1], ne pourrait en aucune façon descendre ici, crois-moi. T'es-tu confessé de tes péchés?

— Oui, dit l'autre, à un vieux lièvre et à une chèvre barbue en bonne et due forme et fort pieusement. Compère, ne tardez donc plus à me faire pénétrer à l'intérieur! »

Renart se met à le considérer :

« Il nous faut donc prier Dieu et lui rendre

1. *Absolution* : pardon des péchés avoués.

grâce très dévotement pour obtenir son franc pardon et le pardon de vos péchés : de cette façon, vous pourrez entrer ici. »

Isengrin, brûlant d'impatience, tourna son cul vers l'orient et sa tête vers l'occident. Il se mit à chanter d'une voix de basse et à hurler très fort. Renart, l'auteur de maints prodiges, se trouvait en bas dans le second seau qui était descendu. Il avait joué de malchance en s'y fourrant. A Isengrin de connaître bientôt l'amertume.

« J'ai fini de prier Dieu, dit le loup.

— Et moi, dit Renart, je lui ai rendu grâce. Isengrin, vois-tu ce miracle ? Des cierges brûlent devant moi ! Jésus va t'accorder son pardon et une très douce rémission. »

Isengrin, à ces mots, s'efforce de faire descendre le seau à son niveau et, joignant les pieds, il saute dedans. Comme il était le plus lourd des deux, il se met à descendre. Mais écoutez leur conversation ! Quand ils se sont croisés dans le puits, Isengrin a interpellé Renart :

« Compère, pourquoi t'en vas-tu ? »

Et Renart lui a répondu :

« Pas besoin de faire grise mine. Je vais vous informer de la coutume : quand l'un arrive, l'autre s'en va. La coutume se réalise.

Je vais là-haut au paradis tandis que toi, tu vas en enfer en bas. Me voici sorti des griffes du diable et tu rejoins le monde des démons. Te voici au fond de l'abîme, moi j'en suis sorti, sois-en persuadé. Par Dieu, le père spirituel, là en bas, c'est le royaume des diables. »

Dès que Renart revint sur terre, il retrouva son ardeur guerrière. Isengrin est dans un drôle de pétrin. S'il avait été capturé devant Alep[1], il aurait été moins affligé qu'en se retrouvant au fond du puits.

Seigneurs, écoutez maintenant comment les moines avaient perdu leur énergie. L'on avait trop salé les fèves germées qu'ils avaient mangées. Or, comme leurs serviteurs étaient paresseux, ils manquaient d'eau. Mais il arriva que le cuisinier chargé des repas avait retrouvé ses forces. Au matin, il se rendit au puits, menant un âne espagnol avec trois compagnons. [...]

Isengrin est découvert : on appelle les chiens qui vont le poursuivre. Peu s'en faut qu'il n'y laisse sa peau.

1. *Alep* : Ville de Syrie.

Renart, Isengrin et le jambon

Un jour, Isengrin quitta la lande pour chercher sa nourriture et sire Renart fit de même. Il est à parier qu'ils se rencontreront bientôt. Renart commence par prier Dieu de le préserver, durant cette journée, des griffes de son compère Isengrin :

« J'ai, dit-il, un si méchant voisin que je ne sais à qui me fier. »

Le temps de descendre une haute colline et voilà Isengrin devant lui : les ennuis ne vont pas tarder pour Renart qui, voyant qu'il ne peut l'éviter ni le fuir, l'aborde résolument :

« Cher compère, soyez le bienvenu et que Dieu vous donne la joie ! » L'autre réplique : « Dieu m'assiste ! Grande est ma joie du moment que je te vois. Par Dieu le père en qui je crois, du moment que je te vois, je suis comblé... Je vais te faire cruellement souffrir, tu seras logé dans mon ventre, tu n'as pas le choix car il te faudrait un cheval d'une exceptionnelle rapidité pour esquiver le combat. Grâce à toi, j'aurai la panse rebondie et mon sang se fortifiera de ta chair. »

Isengrin aiguise ses dents et se jette sur Renart. Jamais personne — fût-il prisonnier ou captif chez les Sarrasins[1] — ne fut aussi brutalisé ni aussi secoué que Renart.

Quelle pénible épreuve pour le goupil ! De son dos s'envolent les touffes de poils comme le duvet d'un édredon. La souffrance le blanchit d'écume. La rossée d'Isengrin a mis Renart à vif. Il est bel et bien pelé, ce n'est pas pour rire : il ne bouge pas, ne se plaint pas. Assis un peu plus loin, Isengrin lui dit : « Ah ! maudite trahison, sous l'emprise de la colère, comme j'ai mal agi ! À quoi bon désormais le plaisir puisque j'ai tué mon conseiller ! » En l'entendant, Renart s'étire légèrement.

« Qu'est-ce donc que je sens ? dit Isengrin. Il a encore une veine qui bat mais je ne sens plus sa chaleur ni son souffle. »

Renart se relève :

« Seigneur, ce n'est pas bien. Je suis votre neveu, c'est là l'essentiel. Désormais, ne méprisez plus les faibles. »

Renart, regardant par la plaine, voit arriver, longeant le bois, un paysan avec un jambon ; il sortait de chez lui. Ce spectacle le fait sourire.

1. *Sarrasins* : nom donné au Moyen Âge aux populations musulmanes de l'Orient, de l'Afrique et de l'Espagne.

« Mon oncle, vous m'êtes très cher (son astuce le sauvera) mon oncle, écoutez la bonne nouvelle ! Ce paysan, là-bas, porte un jambon. Faisons-le passer dans nos mains, transformons-nous en marchands. Fixons tout de suite votre part : moi, j'en aurai un tiers et vous deux, à cause de votre taille. Ainsi procèdent les marchands qui ont la vie belle. »

Montrant les dents, Isengrin lui répondit : « Par saint Clair, je n'ai pas envie de me frotter à un paysan. Hier, comme je passais dans un village, l'un d'eux me frappa avec un gourdin et m'étendit raide. Quelle humiliation de recevoir des coups !

— Ne vous inquiétez pas, dit Renart. C'est une belle occasion de prouver mon astuce. Si je ne parviens pas à vous livrer le jambon, faites-moi pendre à une corde. Mon oncle, ajouta-t-il, ne bougez pas. Je vais de l'avant. Restez ici.

— D'accord », dit Isengrin. Et Renart se met en route. Il se traîne devant le paysan comme s'il était estropié et parvient ainsi au milieu du chemin charretier. Le paysan est fou de joie en apercevant le goupil. Gare au jambon ! Renart s'avança, traînant la patte, et l'autre s'imagina qu'il pourrait l'attraper à la main. Renart fit un léger saut.

« Tu ne perds rien pour attendre, dit le

paysan. Ta gorge ornera mon manteau des dimanches. »

Ses paroles réjouirent Renart car il y a un monde entre dire et faire. S'il le peut, il déjouera ses plans. Il ne cesse d'accélérer l'allure et l'autre redouble de vitesse. Le paysan est au supplice, il ne peut continuer, le souffle lui manque; aussi a-t-il posé le jambon à terre. Isengrin se dit : « C'est le moment ! » Renart file au grand galop, tandis qu'Isengrin suit les traces. Pas question de se prélasser, il saute jusqu'au jambon qu'il jette sur son épaule et qu'il emporte, en toute hâte, dans un buisson. Là, il le mange, sans perdre une minute, en laissant la ficelle pour Renart. Le paysan revint sur ses pas et fit une tête d'enterrement en constatant la disparition de son jambon. Jamais personne ne fut aussi affligé. Renart, sans s'occuper du paysan, arrêta sa course à travers la plaine pour venir au buisson où il croyait partager son jambon, mais Isengrin, qui l'a pris et partagé, en montra la ficelle à Renart. Renonçant à livrer bataille, le goupil lui répondit par ces mots :

« Que la corde revienne à qui l'a méritée. Or ce n'est pas mon cas. Vous êtes un mauvais associé par Jésus-Christ, le fils de Marie. Je ne peux pas rester longtemps ici.

Je vous demande congé. Pécheur invétéré, je vous prie, mon cher oncle, de me laisser partir prier saint Jacques. Je serai pèlerin de par le monde.

— J'y consens », dit Isengrin.

Renart poursuivit sa route, maintenant résolu à jouer Isengrin pour lui faire payer le jambon qu'il a refusé de partager. C'est bien dans les habitudes du goupil.

Renart et le grillon

Renart découvrit en face de lui une maison vers laquelle il se dirigea et il gagna le jardin du prêtre qui regorgeait de rats. « Mon Dieu, dit Renart, je ne suis pas venu pour rien. » Mais il a bien du mal à les prendre au piège. Il s'est arrêté, épuisé, quand il aperçut un grillon qui le fit sursauter de frayeur. Il a écouté le chanteur qui chantait là près du four. Le grillon, qui le reconnut bien, resta immobile et silencieux. Renart inclina la tête :

« Les clercs[1] savent bien chanter en latin, je vous paierai grassement, bon maître, chantez donc vos psaumes[2] !

1. *Clerc* : peut désigner tout homme savant ou un religieux.

2. *Psaumes* : chants religieux.

Le grillon répliqua fièrement :

« Par saint Denis, je veux savoir où le bât vous blesse. »

Et il se rapprocha de Renart. Celui-ci tira une de ses manches[1] et, lorsque le grillon lança une note, il la jeta à terre en lançant : « Gagné ! » Il ouvre la bouche, remue les dents, croyant le tenir.

« Renart, lui dit le grillon, vous êtes un sinistre individu. Voilà que le diable dispose d'un pèlerin qui finira par mordre les gens. J'ai vu la mort de près, mais il a plu à Dieu de me conserver sain et sauf.

— Vous avez bu, répond Renart. Je croyais saisir votre livre. En vérité, si je l'avais avalé, j'aurais su tout votre répertoire. Je suis atteint d'un terrible mal que j'ai cherché à guérir par maints pèlerinages. À présent, je vois bien que je n'en ai plus pour longtemps : je suis miné par la maladie. Oui, je suis bien à plaindre mais confessez-moi tout de suite : il n'y a aucun prêtre à la ronde et vous, vous connaissez parfaitement ce rituel. »

Le grillon reconnut bien là Renart et lui dit :

1. *Manches* : au Moyen Âge, les manches des vêtements se détachaient facilement.

« Dieu me garde ! Des prêtres, vous en aurez à revendre ! »

Sept mâtins arrivaient, détachés, suivis d'arbalétriers et de chasseurs. Renart court à perdre haleine, les lévriers foncent droit sur lui. Renart ne perd pas son temps, il saute sur le faîte du four où il se cache, et les chiens le dépassent. Ils perdent la trace de Renart et passent leur chemin qu'ils poursuivent si longtemps qu'ils tombent sur Isengrin. Sans même lui lancer de défi, ils se mettent à lui arracher la peau. L'autre se défend avec acharnement : tout ce qu'il attrape, il le fend de ses dents. Quelle terrible bataille ! Les poils d'Isengrin s'envolent en touffes. Renart, caché sur le toit, se tord de rire. Il se met à observer le combat et à railler Isengrin :

« La voici, votre récompense ! Cela vous apprendra à manger le jambon ! » [...]

Renart, Tibert et l'andouille

Le maître de la ruse, Renart, qui alors mourait de faim, détala en bâillant. Tandis qu'il cheminait, il rencontra Tibert. À sa vue, le goupil, de la tête aux pieds, frémit de gourmandise, il le dévore des yeux et il voudrait aussi le punir de l'avoir poussé dans le piège[1]. Mais il n'en laissera rien paraître, affectant la plus franche cordialité lorsqu'il l'aborde :

« Tibert, fit-il, quel bon vent vous amène ? »

Mais l'autre de prendre le large.

« Eh ! eh ! Tibert, continua Renart, ne fuyez pas, n'ayez pas peur ! Arrêtez-vous et causons ! »

Tibert se retourne et s'arrête, il lève la tête vers Renart tout en aiguisant ses griffes : selon toute apparence, il se prépare soigneusement à une défense énergique si Renart veut porter la patte contre lui. Mais celui-ci, qui de faim bâille, ne songe pas à livrer bataille : il a une tout autre idée en tête ; il s'applique à rassurer Tibert :

« Tibert, dit-il, on est surpris de voir tant de méchants en ce monde. Les gens refusent de s'entraider, chacun s'efforce de tromper son prochain et l'on ne trouve plus personne qui soit sincère ou loyal. Et pourtant on a la preuve que celui qui cherche à tromper autrui finit par être puni. Ces propos me sont inspirés par ce prêcheur d'Isengrin mon compère qui vient d'entrer dans les ordres. [...] Mais que s'est-il passé, seigneur

1. Voir Renart et Tibert le chat, p. 36.

Tibert? Vous avez fait exprès de me pousser dans le piège? Mais passons l'éponge, je parle sans arrière-pensée. Non, en vérité, vous ne l'avez pas fait, je pense même que personne n'aurait pu le faire. Il n'y a pas à revenir là-dessus. »

Tibert s'excuse mollement, car il n'a pas la conscience tranquille; mais Renart, que l'autre le veuille ou non, le manœuvre avec l'idée de le tromper. Tibert en reste interdit. Renart l'assure une nouvelle fois qu'il lui sera dorénavant fidèle et le chat renouvelle son serment. L'accord est certes confirmé, mais il sera de courte durée : Renart ne tiendra pas sa promesse et Tibert ne sera pas assez fou pour renoncer à un mauvais coup si l'occasion s'en présente.

Tous deux s'en vont, par un sentier, et tous deux ont mal au cœur, tellement la faim les tenaille. Mais, ô merveille, voici qu'ils trouvent une andouille de bonne taille près de leur chemin, dans un champ labouré. Renart est le premier à s'en saisir. Tibert lui dit :

« Dieu nous aide! Renart, mon cher compagnon, j'ai droit à une part.

— Mais comment donc, reprit Renart, qui parle de vous en priver? Ne vous ai-je pas donné ma parole? »

Tibert n'a pas grande confiance dans les serments du seigneur Renart :

« Compagnon, dit-il, mangeons-la donc !

— Ah ! non, répondit l'autre, il n'en est pas question. Si nous nous arrêtions ici, nous n'aurions jamais la paix. Il nous faut l'emporter plus loin.

— Je le veux bien », dit Tibert, faisant contre mauvaise fortune bon cœur.

Maître de l'andouille, Renart, de ses dents, la saisit par le milieu en sorte qu'elle pend des deux côtés.

La vue de Renart emportant l'andouille consterna Tibert. Il se rapprocha un peu de lui et lui dit :

« Vous ne méritez que des reproches. Comment portez-vous cette andouille ? Ne voyez-vous pas comment elle se salit ? Vous la traînez dans la poussière et en la tenant par les dents, vous la couvrez de bave. J'en suis écœuré. Mais, je vous le garantis, si vous continuez à la porter de cette manière, je vous abandonnerai ma part, c'est certain ; moi, je ne m'y prendrais pas ainsi.

— Vous, et comment feriez-vous ? répliqua Renart.

— Passez-la-moi, et vous le verrez ; d'ailleurs, ajouta Tibert, il est normal que je vous soulage de ce fardeau, puisque vous l'avez vue le premier. »

Renart ne songe pas à refuser car il lui vient à l'idée que, si l'autre portait quelque charge, il aurait d'autant plus de chance d'être vaincu et d'autant moins de force pour se défendre. Aussi accepte-t-il que Tibert prenne l'andouille. Celui-ci, le cœur en fête, prend délicatement l'andouille, en met l'un des bouts dans sa bouche et, d'un balancement, la pose avec adresse sur son dos ; puis se tournant vers Renart :

« Compagnon, lui dit-il, c'est ainsi qu'il vous faut procéder et la porter de façon qu'elle ne touche pas terre ; de plus, je ne la salis pas avec ma bouche. Je ne la porte pas comme un cochon : elle mérite bien qu'on en prenne soin. C'est ainsi que nous nous en irons jusqu'à cette hauteur que je vois plantée d'une croix. Mangeons là-bas notre andouille, je ne désire pas que nous la portions plus avant ; débarrassons-nous-en là-bas où nous n'aurons rien à craindre car de tous côtés nous pourrons voir venir ceux qui nous voudront du mal. C'est pourquoi il est bon de nous y rendre. »

Tout cela n'aurait pas préoccupé Renart, mais Tibert, à vive allure, prend les devants pour se mettre en route et ne cesse de courir jusqu'à la croix. Renart entra dans une violente colère quand il eut deviné la ruse. Il lui cria à tue-tête :

« Compagnon, attendez-moi donc.

— Renart, dit le chat, n'ayez pas peur : tout ira bien, mais suivez-moi et faites vite. »

Tibert qui n'était pas né de la dernière pluie, habile à monter autant qu'à descendre, de ses griffes s'agrippe à la croix, la monte en un éclair et se perche sur l'un des bras. Renart, déconfit [1] et soucieux, sait que l'autre s'est bel et bien moqué de lui :

« Et alors, Tibert? lui dit-il.

— Tout est parfait, répondit le chat. Montez donc et nous mangerons.

— Cela me serait bien difficile, dit Renart, mais vous, Tibert, descendez! car je m'épuiserais s'il me fallait monter. Faites donc un beau geste : jetez-moi ma part et vous serez quitte.

— Renart, que dites-vous là? Ma parole, vous êtes ivre. Je ne le ferais pas pour tout l'or du monde. Vous devriez pourtant bien connaître la valeur de cette andouille : c'est une chose sacro-sainte que l'on ne doit manger que sur une croix ou sur une église, de manière à la glorifier.

1. *Déconfit* : penaud, humilié.

— Mon cher seigneur Tibert, soyez tranquille : la place là-haut est mesurée, impossible d'y tenir à deux. Mais montrez-vous généreux puisque vous ne voulez descendre. Tibert mon ami, vous le savez bien, vous m'avez juré d'être un ami loyal : or si deux amis vont ensemble et trouvent quelque chose, il me semble qu'ils doivent partager. Si vous ne voulez pas vous parjurer, vous ne pouvez que faire les parts en haut et me jeter la mienne en bas ! Je prendrai le péché sur moi.

— Je ne le ferai pas, je vous l'affirme, répliqua Tibert. Renart mon ami, vos paroles me surprennent. Vous êtes pire qu'un hérétique[1], vous me demandez de jeter une chose que l'on doit entourer de respect. En vérité, je ne suis pas assez ivre pour accepter de vous la lancer à terre. Ce serait aller contre mes principes. Il est, dans la religion, un objet sacré, c'est l'andouille, vous le savez bien, à force de l'avoir entendu nommer. Je vais vous dire maintenant ce qu'il vous reste à faire : vous vous résignerez pour cette fois et je vous fais ici la promesse que la première andouille que nous trouve-

1. *Hérétique* : qui soutient une opinion condamnée par l'Église.

rons vous appartiendra sans partage : vous ne m'en donnerez pas une miette.

— Tibert, Tibert, dit Renart, nous nous retrouverons. Au moins jette-m'en un petit morceau.

— Je n'en reviens pas ! dit Tibert. Quoi ? Vous ne pouvez pas attendre qu'il vous en tombe du ciel entre les pattes une bien tendre qui sera à vous sans aucun doute ? L'abstinence[1] ne vous vaut rien. »

Tibert abandonne la discussion et se met à manger l'andouille. A ce spectacle, la vue de Renart se brouille un peu de larmes.

« Renart, ajouta Tibert, je suis heureux de vous voir pleurer sur vos péchés. Que Dieu qui connaît ton repentir allège ta pénitence !

— Pour le moment, dit Renart, il n'y a rien d'autre à faire ; mais tu finiras bien par descendre un jour : en tout cas, lorsque tu auras soif, tu seras obligé de venir de mon côté.

— Vous ignorez, dit Tibert, combien Dieu est pour moi un ami prévenant. Il a prévu aussi, à mes côtés, un creux où je pourrai étancher ma soif ; il a plu tout récemment et il en est resté beaucoup d'eau, à peu près un seau que je boirai à ma guise.

1. *Abstinence* : privation volontaire de viande.

— Vous avez beau dire, répliqua Renart, vous descendrez tôt ou tard.

— Pas avant des mois, répondit Tibert.

— Mais en tout cas bien avant sept ans passés.

— Chiche que vous ne le jurerez pas !

— Je jure, dit Renart, de ne pas lever le siège, avant de t'avoir pris au piège.

— Soyez damné, dit Tibert, si vous ne tenez pas fermement ce serment ; mais répétez-le donc sur la croix, il n'en sera que plus fort.

— Oui, dit Renart, je jure de ne pas bouger d'ici avant le terme fixé : eh bien ! es-tu content ?

— Cela me suffit, fit Tibert. Mais il est une chose qui m'afflige et me remplit d'une immense pitié : c'est que vous n'avez pas encore mangé et que vous devrez jeûner pendant sept ans ; pourrez-vous le supporter ? Impossible de revenir sur votre parole, car il vous faut être fidèle à votre serment et à votre promesse.

— Ne vous inquiétez pas, dit Renart.

— Je me tais donc, répondit Tibert. Je n'ajouterai pas un seul mot : il est normal et juste que je me taise, mais vous, gardez-vous de bouger d'ici. »

Tibert se tait et continue à manger, tandis

que Renart, de convoitise et de fureur, frémit et sue à grosses gouttes. Mais voici qu'au milieu de son supplice, la frayeur le saisit, car au loin a aboyé un chien qui a flairé sa trace. Il lui faut maintenant abandonner la place s'il ne veut pas y laisser la peau, car tous les chiens s'en viennent à la suite de celui qui l'a décelé. Le chasseur se dirige aussi de ce côté parlant aux chiens et les excitant. Et Renart de lever la tête :

« Tibert, dit-il, qu'est-ce que j'entends ?

— Attendez un peu, répond l'autre, et surtout ne bougez pas. Quelle douce mélodie ! Par ici passe une procession qui traverse la campagne. A travers les buissons, longeant les haies d'épines, ils chantent des messes et des matines ; ensuite, ils chanteront l'office des morts et adoreront cette croix. Il vous faut donc rester ici d'autant plus qu'autrefois vous avez été prêtre. »

Renart, qui devine que ce sont des chiens, et se rend compte qu'il est dans de mauvais draps, décide de prendre la fuite. Tibert, le voyant debout, lui dit : « Renart, pour quel office vous préparez-vous de la sorte ? Quelles sont vos intentions ?

— Je veux m'éloigner d'ici.

— Vous éloigner, vous ? Par Dieu, comment est-ce possible ? Souvenez-vous de votre serment auquel vous avez juré d'être fidèle. Vous ne devez pas vous en aller. Restez ici, je vous l'ordonne. Par Dieu, si vous partez, vous en rendrez compte, c'est certain, devant la cour du roi Noble, car vous y serez cité pour vous être parjuré et avoir failli à une promesse redoublée : votre félonie sera multipliée par deux. Vous avez juré, promis, assuré de tenir le siège pendant sept ans; mais quel lâche vous faites à vous enfuir dès le premier jour! Je suis en fort bons termes avec les chiens : si vous les craigniez tant soit peu, plutôt que de vous voir perpétrer[1] un tel crime, je me porterais garant de vous et j'obtiendrais d'eux une trêve en votre faveur. »

Renart le quitte et va son chemin. Les chiens qui l'ont aperçu se sont lancés à sa poursuite : en vain, car Renart connaît si bien le pays qu'il ne sera jamais pris. Il s'en sortit sans coups ni morsures. Il menace violemment Tibert et jure qu'il se mesurera avec lui au corps à corps si jamais il parvient à le rattraper. La guerre a donc éclaté entre eux, et le goupil ne recherchera plus ni trêve ni paix.

Tibert le chat dont j'ai parlé ne craint pas

1. *Perpétrer* : commettre, accomplir.

beaucoup Renart, lui non plus ne cherche trêve ni paix. Or voici que surviennent à bride abattue deux prêtres : Turgis et Rufrangier qui se rendaient à l'assemblée épiscopale[1]. L'un montait une jument à taches blanches, l'autre un palefroi[2] à l'allure tranquille. Le cavalier de la jument aperçut Tibert :

« Compagnon, dit-il, arrêtez. Quelle est donc cette bête que je vois là-haut ?

— Bon sang, dit l'autre, halte : c'est un magnifique chat-putois.

— Ah ! mon Dieu, je serais heureux comme un roi si je pouvais le tenir à pleines mains pour en couvrir ma tête contre le froid. »

Tibert et les deux prêtres

Les deux prêtres se mettent d'accord : le chat appartiendra à Rufrangier qui, en échange, paiera tous les frais du voyage.

« Mais qui de nous deux attrapera le chat ?

1. *Assemblée épiscopale* : réunion d'évêques, c'est-à-dire de prêtres qui sont responsables de plusieurs autres prêtres.
2. *Palefroi* : cheval de voyage ou de parade.

— Son futur propriétaire, répondit Turgis. Je n'ai aucune exigence, ni aucun droit sur lui. Aussi ne m'en occuperai-je pas, ne comptez pas sur mon aide.

— Ce n'est pas une raison pour que je renonce, dit Rufrangier, car le chat m'appartient.

— Bonne chance, donc. »

Rufrangier s'approcha de la croix, car ce qui lui tenait le plus à cœur, c'était d'attraper le chat Tibert ; mais, comme son palefroi était trop petit et qu'il lui était impossible de l'atteindre en restant assis, il se mit debout sur la selle du cheval.

Lorsque Tibert l'a vu tout droit, il s'est hérissé de colère, lui a craché en pleine figure, puis s'est jeté sur lui et l'a frappé de ses griffes, lui égratignant le visage : il l'a fait tomber sur le sol à la renverse si bien que sa nuque a heurté les pierres du chemin : peu s'en fallut qu'il n'eût la tête fracassée. Par deux fois il s'est évanoui.

Comme le prêtre gisait sans connaissance, Tibert sauta dans les arçons que le cavalier avait vidés. Le cheval, sous le coup de la frayeur, rebroussa chemin à vive allure. Il s'enfuit si longtemps par les champs et les labours, il parcourut tant de chemin qu'il regagna directement la demeure d'où il était parti. La femme du prêtre[1], assise au milieu de la cour, coupait du petit bois; elle ne vit pas venir le cheval qui arriva avec une telle impétuosité que, lui heurtant violemment la poitrine, il la jeta à la renverse. Elle ne fut pas seulement blessée, elle eut peur quand elle ne vit pas son mari : sur la selle où il s'asseyait d'habitude, sire Tibert, à croupetons, l'avait remplacé. Elle fut persuadée qu'elle avait affaire au diable. Le cheval, qui connaissait bien la maison, se dirigea vers l'écurie, toujours monté par Tibert. Quelle chance a eue le chat d'échapper à la capture et à la mort! Après avoir rendu sa liberté au cheval, il se remit en chasse.

Le prêtre, qui gisait sur le sol, ne savait où chercher son palefroi; il appela son compagnon :

« Amenez-moi mon palefroi, cher compagnon; indiquez-moi, je vous prie, où il est.

— Êtes-vous blessé? dit Turgis.

— Blessé? Dites plutôt que je suis mort, repartit l'autre. Ce n'était pas un chat, c'était un démon qui nous a attaqués. Oui, c'était un diable, soyez-en sûr. Ce que je sais avec certitude, c'est que nous sommes

1. *La femme du prêtre* : Jusqu'en 1139, date du deuxième concile de Latran, les prêtres avaient le droit de se marier.

ensorcelés et que nous ne finirons pas l'année vivants, n'en doutez pas. J'ai peur pour ma personne du moment qu'on m'a pris mon palefroi. »

Il commença alors à réciter le *Kyrie*[1], le *Credo*, le *Miserere*, le *Pater noster*, les litanies, accompagné de messire Turgis. A plusieurs reprises, avant de reprendre la route, ils regardent s'ils n'aperçoivent pas Tibert monté sur le cheval, mais pas la moindre trace, à ce qu'il me semble. Aussi s'en vont-ils, et chacun de faire un signe de croix sur son front. Ils remettent à plus tard leur voyage pour l'assemblée, car Rufrangier est grièvement blessé. Il est revenu chez lui, en proie à la douleur et à la colère. Comme sa femme lui demande :

« Est-ce un bon vent ou la tempête qui vous amène?

— Ce sont plutôt de graves ennuis, dit-il. Alors que je cheminais en compagnie du seigneur Turgis de Long-Buisson, j'ai rencontré un démon qui nous a tous ensorcelés et j'ai eu bien du mal à en sortir vivant. »

1. Le *Kyrie*, le *Credo* et le *Pater noster* sont des prières récitées à la messe. Le *Miserere* et les *litanies* sont chantés lors d'autres offices (office des morts, salut du Saint-Sacrement).

LE JUGEMENT DE RENART

À l'Ascension, le roi Noble tient cour plénière. Toutes les bêtes viennent se plaindre de Renart, Isengrin le premier ; mais le roi impose la paix...

Le roi, en dépit des mécontents, avait imposé la réconciliation en sorte que la guerre entre Renart et Isengrin aurait bel et bien pris fin, si Chantecler et Pinte n'étaient venus à la cour en compagnie de trois autres poules pour porter plainte devant le roi contre Renart. Maintenant, il va être difficile d'éteindre l'incendie car sire Chantecler le coq ainsi que Pinte, la poule qui pond les gros œufs, et Noire, et Blanche, et Roussette amenaient une charrette enveloppée de rideaux. Une poule reposait à l'intérieur, sur une litière aménagée en cercueil. Renart, de ses dents, l'avait si rudoyée et maltraitée qu'il lui avait brisé la cuisse et arraché une aile.

A peine le roi, fatigué des débats, venait-il

d'en finir avec une longue séance que surviennent Chantecler et les poules se frappant de leurs paumes. Pinte la première, puis les autres, s'écrient à pleins poumons :

« Par Dieu, dit-elle, nobles bêtes, chiens, loups, vous tous qui êtes ici, assistez donc une malheureuse de vos conseils ! Je hais l'heure de ma naissance. Mort, prends-moi donc, hâte-toi puisque Renart m'ôte la vie ! J'avais cinq frères, tous fils de mon père : ce voleur de Renart les mangea tous. Quelle perte immense ! Quelle cruelle douleur ! Du côté de ma mère, j'avais cinq sœurs. Toutes prirent le chemin de son gosier. Et vous qui gisez dans ce cercueil, ma douce sœur, mon amie chère, comme vous étiez tendre et grassouillette ! Comment votre sœur infortunée va-t-elle pouvoir vivre sans jamais plus vous voir ? Renart, que le feu de l'enfer vous brûle ! Combien de fois vous nous avez persécutées, pourchassées, secouées, combien de fois vous avez déchiré nos pelisses ! Combien de fois vous nous avez traquées jusqu'aux palissades ! Hier matin, devant la porte, il me jeta le cadavre de ma sœur avant de s'enfuir dans un vallon. Je voulais engager des poursuites contre lui mais je ne trouve personne qui me rende justice, car Renart se soucie comme d'une guigne des menaces et de la colère d'autrui. »

A ces mots, la malheureuse Pinte tombe évanouie sur le pavé, aussitôt imitée par ses compagnes. Pour relever ces quatre dames, le chien, le loup et les autres bêtes se levèrent de leurs tabourets et leur aspergèrent la tête d'eau.

Revenues à elles, comme nous dit l'histoire, quand elles voient le roi assis sur son trône, elles courent ensemble se jeter à ses pieds tandis que Chantecler s'agenouille et lui baigne les pieds de ses larmes. À la vue de Chantecler, le roi est saisi de pitié pour le jeune homme. Il a poussé un grand soupir, rien au monde n'aurait pu l'en empêcher. De colère, il redresse la tête. Toutes les bêtes sans exception, même les plus courageuses — ours ou sangliers — sont remplies de peur lorsque leur suzerain[1] se met à soupirer et à rugir. Le lièvre Couart eut si peur qu'il en eut la fièvre pendant deux jours. Toute la cour frémit à l'unisson. Le plus hardi tremble de peur. De colère, Noble redresse la queue et il s'en frappe, en proie à un tel désespoir que toute sa demeure en résonne. Puis il tint ce discours :

« Dame Pinte, dit l'empereur, par la foi

1. *Suzerain* : seigneur, roi.

que je dois à l'âme de mon père pour lequel je n'ai pas encore fait l'aumône aujourd'hui, votre malheur me désole et je voudrais pouvoir le réparer. Mais je vais faire venir Renart si bien que vous verrez de vos propres yeux et entendrez de vos propres oreilles combien la vengeance sera terrible : je veux le châtier de façon exemplaire pour son crime et son orgueil. »

Isengrin n'a pas plutôt entendu le roi qu'il se relève en toute hâte :

« Sire, dit-il, vous agissez à merveille. On chantera partout vos louanges si vous parvenez à venger Pinte et sa sœur dame Coupée que Renart a si sauvagement estropiée. Ce n'est pas la haine qui m'inspire : je parle ainsi à cause de la demoiselle qu'il a tuée et non à cause de griefs[1] personnels. L'empereur dit : « Mon ami, Renart m'a mis au cœur un immense chagrin et ce n'est pas la première fois. Devant vous tous, devant tous les étrangers à ma cour, je l'accuse, avec toute la solennité qui m'est coutumière, d'adultère, d'insolence, de lèse-majesté, de violation de la paix. Mais il est temps de passer à un autre sujet : Brun l'ours, prenez votre étole[2] et

1. *Griefs* : reproches.

2. *Étole* : bande d'étoffe que le prêtre porte au cou pour certaines cérémonies.

priez pour le repos de cette âme! Et vous, seigneur Bruyant le taureau, dans ce champ, là-bas, creusez-moi donc une sépulture!

— Volontiers, sire », dit Brun.

Alors, il va prendre l'étole et tout ce qu'il lui faut. Sous sa direction, le roi et tous les courtisans ont commencé l'office funèbre. A lui tout seul, seigneur Tardif le limaçon a lu les trois leçons[1]. Roenel chanta les versets, en alternance avec Brichemer le cerf.

L'office terminé, dans la matinée, ils portèrent le corps en terre non sans l'avoir auparavant déposé dans un magnifique cercueil de plomb, le plus beau qu'on ait jamais vu. Ils l'enfouirent sous un arbre et ils posèrent, par-dessus, une dalle de marbre portant son nom et les événements de sa vie; et ils recommandent son âme à Dieu. Je ne sais si c'est au burin ou au ciseau qu'ils ont gravé cette épitaphe :

« Sous cet arbre, dans cette plaine, gît Coupée, la sœur de Pinte. Renart, qui chaque jour devient pire, de ses dents la tortura cruellement. »

Personne alors n'aurait pu voir Pinte pleurer, maudire Renart et le vouer à l'enfer, ni

1. *Leçons* : textes de l'Écriture ou des Pères de l'Église.

voir Chantecler tendre les pattes sans en éprouver une immense pitié. Le chagrin devenu moins vif puis complètement apaisé, les barons dirent : « Majesté, vengez-nous donc de ce voleur qui s'est ri de nous tant de fois et qui a violé tant d'accords. — Très volontiers, dit l'empereur. Brun, mon très cher frère, allez-y pour moi. Ne craignez rien de Renart. Dites-lui de ma part que je l'ai attendu pendant trois jours. — Sire, très volontiers », dit Brun.

Alors, prenant l'amble[1], il descend par un champ cultivé, sans s'arrêter ni se reposer. Or, pendant qu'il voyage, survint à la cour un événement qui n'arrangera pas les affaires de Renart. En effet, monseigneur Couart le lièvre qui, de peur, avait attrapé la fièvre (il en souffrait déjà depuis deux jours) fut alors guéri par la grâce de Dieu sur la tombe de dame Coupée dont il n'avait à aucun moment voulu s'éloigner après l'enterrement, quitte à dormir sur le corps de la martyre. Et quand Isengrin entendit dire que c'était une vraie martyre, il se plaignit de l'oreille. Sur les conseils de Roenel, il se coucha sur la tombe puis proclama qu'il était

1. *Amble* : allure d'un animal qui se déplace en levant en même temps les deux pattes du même côté.

guéri. Mais, s'il ne s'était agi d'un article de foi que nul ne doit mettre en doute et sans le témoignage de Roenel, la cour aurait cru que c'était un mensonge.

Lorsque la nouvelle parvint à la cour, elle en réjouit certains mais elle déplut à Grimbert, le défenseur et le partisan de Renart, avec Tibert le chat. Maintenant, si Renart ne s'y connaît en ruse, il lui en cuira si on l'attrape car Brun l'ours est déjà parvenu à Maupertuis, au cœur de la forêt, en suivant continuellement un sentier. Sa forte corpulence l'oblige à rester dehors et à se tenir devant la barbacane[1]. Cependant Renart, le trompeur universel, s'était retiré au fin fond de sa tanière pour se reposer. Il avait abondamment pourvu son terrier d'une grosse et grasse poule et, pour son petit déjeuner, il avait eu deux belles cuisses de poulet. À présent il se repose, satisfait. [...]

Après l'échec de Brun, le roi envoie Tibert puis Grimbert :

Pour moi, Grimbert est un sage parce qu'il se garda bien de délivrer son message avant

1. *Barbacane* : bâtiment défensif qui précède un château.

d'avoir mangé à sa faim. Le repas terminé, Grimbert dit : « Seigneur Renart, personne n'ignore plus vos maudits tours. Savez-vous ce que le roi vous fait dire ou plus exactement ce qu'il vous ordonne ? Vous devez aller dans son palais, où qu'il se trouve. Cesserez-vous un jour les hostilités ? Qu'avez-vous à reprocher à Isengrin, à Brun l'ours ou à Tibert le chat ? Votre tromperie va vous porter malheur. Je ne puis vous dire aucune parole d'espoir : seule la mort vous attend, vous et toute votre descendance. Tenez donc, brisez ce sceau et prenez connaissance du message. »

A ces mots, Renart tremble comme une feuille. Mort de peur, il brise le cachet de cire et découvre le contenu de la lettre. Il soupire car, dès le premier mot, il a bien compris de quoi il retournait :

« Messire Noble le lion, roi et suzerain des bêtes du monde entier, voue Renart à la honte, à la torture, aux pires ennuis et contrariétés s'il ne vient demain rendre des comptes à la cour, devant ses vassaux[1]. Inutile d'apporter de l'or ou de l'argent, inutile de s'accompagner d'un défenseur, qu'il prenne seulement la corde pour le pendre. »

1. *Vassal* : homme qui a prêté hommage (= serment) à un seigneur en échange d'un fief.

A cette nouvelle, le cœur de Renart se met à battre la chamade et tout son visage s'assombrit.

« Par Dieu, supplie-t-il, Grimbert, de grâce, conseillez le pauvre malheureux que je suis ! A quoi bon avoir vécu si longtemps si c'est pour être pendu demain? Ah! si j'avais été moine reclus[1] à Cluny ou à Clairvaux ! Mais je connais tant de moines hypocrites que je ne pourrais pas, je crois, y rester. Autant donc me tenir à l'écart de cette voie.

— Ne vous souciez pas de cela, dit Grimbert, vous êtes en danger de mort, profitez que nous soyons seuls ici pour vous confesser rapidement à moi. Repentez-vous bien sincèrement car je ne vois pas de prêtre plus près. »

Renart réplique : « Seigneur Grimbert, voilà un précieux conseil. En effet, si je me confesse à vous avant que la mort m'oppresse, il ne peut m'en venir aucun mal et si je meurs, je serai sauvé. Maintenant, écoutez bien mes péchés ! J'ai tant fait de mal à Isengrin que je ne puis le nier devant aucune instance. Dieu sauve mon âme ! Trois fois, je l'ai fait attraper, voici comment : je l'ai fait tomber dans le

1. *Reclus* : enfermé dans un couvent.

piège à loup quand il emporta l'agneau. Là, sa peau fut bien battue puisqu'il fut roué de cent coups au moins avant de pouvoir quitter la maison. Je le fis tomber dans le piège où trois bergers le découvrirent et le battirent comme plâtre. Trois jambons étaient empilés dans le garde-manger d'un bourgeois. Je lui en fis tant manger qu'il ne put sortir, à cause de son gros ventre, par où il était entré. Je le fis pêcher dans la glace jusqu'à ce qu'il eût la queue gelée. Je le fis pêcher dans l'eau une nuit de pleine lune. Il prit sans hésitation son reflet pour un fromage. Une autre fois je l'ai trompé devant la charrette aux poissons. Cent fois, je l'ai vaincu. Au prix de mille tromperies j'ai fait en sorte qu'il devînt moine, puis il voulut devenir chanoine quand on lui vit manger de la viande. Il fallait être fou pour l'engager comme berger. Une journée ne suffirait pas pour que je vous rapporte tous mes torts envers lui. Il n'y a pas de bête à la cour du roi qui n'ait une raison de se plaindre de moi. J'ai fait prendre Tibert au lacet alors qu'il s'imaginait manger des rats. De toute la parenté de Pinte il n'est resté qu'elle et sa tante. Les autres, coqs ou poules, sont tous passés dans mes repas. Comme je m'en repens maintenant!

Dieu, mea culpa[1] ! À présent, je veux expier tous mes péchés de jeunesse.

— Renart, Renart, dit Grimbert, vous m'avez dévoilé vos péchés et le mal que vous avez fait. Si Dieu vous sort d'affaire, gardez-vous bien de retomber dans le péché.

— Que Dieu, répond Renart, ne permette pas que je vive assez longtemps pour commettre une faute qui Lui déplaise ! »

Il consent à tout ce que veut Grimbert. Il baisse la tête et l'autre l'absout[2] moitié en français, moitié en latin. Renart, quand le matin arriva, embrassa sa femme et ses enfants. La séparation fut déchirante. Il prit congé des siens :

« Enfants de haut lignage, dit-il, veillez à défendre mes châteaux, quoi qu'il puisse m'arriver, contre rois et comtes car, des mois durant, vous ne trouverez aucun comte, roi ou châtelaine capables de vous faire la moindre égratignure. Jamais ils ne vous causeront de tort si vous avez relevé les ponts car vos réserves sont importantes. Je ne crois pas que vous manquiez de rien avant sept ans. Que vous dire de plus ? Je vous recommande

1. *Mea culpa* : « c'est ma faute », expression de repentir.
2. *L'absout* : lui accorde son pardon.

tous à Dieu, qu'il me ramène ici comme je le souhaite. »

Grimbert emmène Renart à la cour du roi où tous les animaux attendent pour en finir avec ses méfaits. Renart plaide la calomnie devant Noble qui n'est pas dupe.

Renart est condamné à la pendaison.

A la vue de la potence que l'on dressait, le chagrin l'envahit, alors il dit au roi : « Cher et noble roi, laissez-moi dire quelques mots. Vous m'avez fait lier et prendre, vous voulez maintenant me faire pendre sans raison, mais j'ai commis de très graves péchés qui ne sont pas sans souiller mon âme. Je veux à présent m'engager dans la voie du repentir. Au nom de la sainte pénitence, je veux prendre la croix[1] pour aller, s'il plaît à Dieu, au-delà des mers. Si je meurs là-bas, je serai sauvé. Si je suis pendu, ce sera une faute et quelle piètre vengeance ! Je veux à présent m'engager dans la voie du repentir. »

Sur ce, il se jette aux pieds du roi qui en ressentit une vive compassion. De son côté, Grimbert revient à la charge et réclame la grâce de Renart :

1. *Prendre la croix* : s'engager dans une croisade en Terre sainte.

« Sire, au nom de Dieu, écoute-moi bien! Fais une bonne action, considère la vaillance et la courtoisie de Renart. S'il revient au bout de cinq mois, il sera alors bien utile, car vous n'avez pas de plus hardi soldat.

— Ne dites pas cela, dit le roi. A son retour, il serait pire comme tous ceux qui y vont : on part bon, on en revient méchant. Il fera comme eux s'il réchappe à ce péril.

— S'il n'est pas alors en paix avec sa conscience, sire, qu'il n'en revienne jamais. »

Et le roi dit :

« Qu'il prenne la croix à condition qu'il reste là-bas. »

A ces mots, Renart est fou de joie. [...]

A peine croisé, Renart oublie sa promesse et capture le lièvre Couart qui l'avait nargué. Il revient défier le roi et toute sa cour.

Se saisissant de la croix, Renart leur crie d'une voix forte :

« Sire le roi, reprenez vos oripeaux[1] ! Que Dieu anéantisse le freluquet qui m'embarrassa de cette guenille, de ce bâton et de cette besace ! »

Il s'en torche le derrière sous les yeux des

1. *Oripeaux* : vieux habits voyants mais usés.

bêtes puis les leur jette sur la tête. Bien fort, il dit au roi :

« Sire, prêtez-moi attention ! Noradin[1] m'a chargé, moi qui suis un bon pèlerin, de te transmettre ses salutations. Tous les païens te craignent tant que pour un peu ils s'enfuiraient ! » [...]

Couart a réussi à se détacher et vient réclamer justice auprès de Noble.

« Mon Dieu, dit le roi, comme me voilà trahi, blessé, perdu par le fait de Renart qui me craint si peu ! Je sais bien maintenant qu'il me méprise. Seigneurs, ajoute-t-il, poursuivez-le tous car je vois par où il s'enfuit. Pardieu, s'il nous échappe, vous êtes tous pendus et tués, mais celui qui l'attrapera anoblira tout son lignage. »

Ah ! si vous aviez vu alors le seigneur Isengrin, seigneur Belin le mouton, et Brun l'ours et Pelé le rat, et monseigneur Tibert le chat, et Chantecler et dame Pinte venue à la cour avec quatre compagnes, et seigneur Ferrand le roncin[2], et sire Roenel le mâtin ! Le grillon Fro-

1. *Noradin* : Noradin est le sultan Nour al-Din, adversaire des Croisés.

2. *Roncin* : cheval réservé aux écuyers qui n'étaient pas encore chevaliers.

bert le suit et Petitfouineur le furet. Viennent ensuite le seigneur Baucent le sanglier aux dents pointues, le taureau Bruyant en furie et Brichemer à bride abattue. Le limaçon, qui porte l'enseigne, sait bien les conduire à travers la plaine. D'un coup d'œil derrière lui, Renart voit qu'il est suivi de près ; il voit Tardif les guider avec l'enseigne qui claque au vent. Il hésite sur le parti à prendre. D'un saut, il quitte la voie et s'est engagé dans un souterrain ; toute la bande lui emboîte le pas. Elle n'a rien de rassurant : tous le couvrent de menaces, jurent que rien — ni clôture, ni murailles, ni fossés, ni palissades, ni forteresse, ni donjon, ni trou, ni tanière, ni buisson — ne pourra empêcher qu'il ne soit pris, livré au roi et pendu. Renart voit qu'il ne peut leur résister ni par la fuite, ni par la course. La gueule écumante, il est talonné par tous les autres qui arrachent sa pelisse[1] dont les touffes s'envolent et qui lui percent le dos de coups. Pour un peu, il tombe entre leurs mains ; ils l'ont réduit à leur merci[2]. C'est un miracle s'il leur échappe. Cependant, après s'être bien amusé, il s'est dirigé vers Maupertuis, son château fort, sa demeure, sa forte-

1. *Pelisse* : manteau chaud bordé ou doublé de fourrure. Ici, la peau du renard.

2. *Réduit à leur merci* : ils s'en sont rendus maîtres.

resse, son donjon, où il ne craint ni armée, ni assaut. Maintenant, l'attaque qui veut!

À cette heure, il se moque bien des menaces : libre à ceux qui ne veulent pas l'aimer de le haïr! Sa femme vient à sa rencontre, pleine de crainte et de respect. La noble dame avait trois fils : Percehaie, Malebranche et le troisième, le plus beau de tous, Rovel. Tous l'entourent, le prennent par le pan du vêtement, voient ses plaies qui saignent. Tous le plaignent, gémissent sur son sort. Ils lavent ses plaies au vin blanc et l'installent sur un coussin. On prépara le dîner : Renart était si fatigué, si épuisé qu'il ne mangea que la cuisse d'une poule et son croupion. La dame lui fit prendre un bon bain, poser des ventouses, le fit saigner si bien qu'il recouvra la santé.

Le siège de Maupertuis

Noble fait mettre le siège autour de Maupertuis. Renart aurait pu soutenir le siège très longtemps mais il a eu la fantaisie d'aller jouer un tour au roi pendant la nuit : il a attaché les assiégeants par la queue; hélas! il a oublié Tardif, le limaçon, qui l'attrape. Le voilà encore menacé de la pendaison.

Le roi intervint : « Occupez-vous de le

pendre, car je ne peux attendre aussi longtemps. »

L'exécution aurait bel et bien eu lieu en dépit des récriminations si le roi n'avait regardé en bas dans la plaine où il vit venir une imposante troupe à cheval, avec bon nombre de femmes éplorées. C'était l'épouse de Renart qui traversait tout un essart[1], en éperonnant sa monture. Elle filait comme le vent et sa douleur fendait l'âme. Ses trois fils ne traînaient pas en route malgré leurs démonstrations de douleur : ils se tiraient et s'arrachaient les cheveux ; ils déchiraient leurs vêtements. L'on aurait pu entendre leurs cris et leur vacarme à une lieue de là. Ils ne venaient pas en bon ordre, mais chevauchaient à bride abattue, menant avec eux un cheval lourdement chargé de richesses pour racheter Renart. Avant que le goupil n'ait reçu l'absolution, ils ont fendu la foule et, sur leur lancée, ils vont se jeter aux pieds du roi. La dame avait pris tant d'avance qu'elle s'y élança la première :

« Sire, pitié pour mon époux, au nom de Dieu, le père créateur ! Je te donnerai toutes ces richesses si tu acceptes de lui faire grâce. »

Noble le roi examina le trésor qui étalait

1. *Essart* : terrain nu.

devant lui de l'argent et de l'or. Il était fort cupide ; aussi répondit-il :

« Dame, mes barons sont unanimes à me réclamer de pendre ce brigand au gibet. En vérité, si je suis loyal envers eux, on le livrera bientôt au supplice.

— Sire, au nom de Dieu en qui tu crois, pardonne-lui pour cette fois !

— Pour l'amour de Dieu, répondit le roi, et par égard pour vous, je lui pardonne, pour cette fois-ci. Mais il va vous être rendu à une seule condition : à la première incartade, il sera pendu.

— Sire, dit-elle, j'y consens. Je ne viendrai plus jamais vous implorer à son sujet. »

Alors on ordonna de délier Renart que le roi fit aussitôt venir auprès de lui. Il s'avança, tout rayonnant, en sautillant, guilleret et ravi.

« Renart, dit le roi, désormais, attention ! Vous avez obtenu le pardon de vos fautes mais, à la moindre récidive, vous vous retrouverez au même point.

— Sire, répond Renart, que Dieu m'empêche de commettre une faute qui me vaudrait d'être pendu. »

Il fait fête à sa famille qu'il voit rassemblée devant lui, embrasse l'un, serre l'autre dans ses bras : car aucun spectacle ne peut lui faire plus de plaisir. [...]

D'AUTRES AVENTURES

Renart teinturier

Le roi a fait battre tambour et proclamer solennellement partout que celui qui pourra s'emparer de Renart ne devra pas le conduire à la cour ni attendre l'arrivée d'un roi ou d'un comte, mais il devra le tuer ou le pendre sur-le-champ. Renart ne s'inquiète pas pour si peu, il s'enfuit vers un essart. Il s'y dirige à petits pas, surveillant les alentours. On ne doit pas s'en étonner : il doit se garder de toutes les bêtes. Au sommet d'un grand tertre il s'arrête et tourne sa tête vers l'Orient. Alors, il prononce une prière qui est excellente :

« Ô Dieu de Trinité, Toi qui m'as délivré de tant de périls, et qui m'as laissé faire tant de mauvaises actions, protège-moi désormais par ta sainte volonté ! Arrange-moi de telle manière, déguise-moi de telle façon qu'aucune bête, en me voyant, ne puisse me reconnaître. »

Il incline sa tête vers l'Orient, il se bat vigoureusement la coulpe[1], lève la patte et fait le signe de la croix. Il s'en va par monts et par plaines, mais la faim le fait cruellement souffrir. Il se dirige vers un village où demeurait un teinturier très habile dans son métier. Il avait, du mieux possible, dissous son colorant dans l'eau pour obtenir une teinture jaune. Il était parti chercher une mesure exacte d'une aune[2] afin de mesurer l'étoffe qu'il voulait plonger dans la cuve. Il avait laissé la cuve découverte et la fenêtre ouverte pour surveiller si sa teinture prenait bien, de façon uniforme. Renart pénètre dans la cour en quête d'une proie qui satisferait sa panse : il a parcouru tout le jardin et fouillé tous les environs sans rien trouver qui se mange. Il se cache dans le renfoncement de la fenêtre. Comme il ne voit âme qui vive à l'intérieur, il y saute à pieds joints. Quelle surprise en arrivant dans la partie obscure ! Écoutez comme le diable se met en travers de sa route : amère fut sa déconvenue car il tomba dans la cuve. Il va au fond mais il n'y

1. *Battre sa coulpe* : exprimer son repentir après avoir reconnu ses fautes.

2. *Une aune* : ancienne mesure de longueur.

reste pas : vite, il remonte. La cuve était assez profonde et il doit nager à la surface pour ne pas couler. Or voici qu'arrive le manant[1] tenant son aune à la main. Il se met à mesurer son étoffe. Au bruit du goupil qui se débat parce qu'il voudrait bien sortir et qu'il s'épuise à force de nager, le manant tend l'oreille et s'étonne beaucoup d'entendre Renart. Il jette ses étoffes à terre et se précipite vers lui. Avisant Renart dans la teinture, il redouble de vitesse. Il veut le frapper sur la tête quand il s'aperçoit que c'est un animal, mais Renart lui crie d'une voix forte :

« Cher seigneur, ne me frappez pas ! Je suis une bête de ta corporation[2] et je peux, pour cette raison, t'être fort utile. Au prix d'efforts épuisants et répétés, je suis devenu beaucoup plus savant que toi. Je pense pouvoir t'apprendre le secret du mélange de teinture et de cendre car tu ignores comment le faire.

— Voilà qui est bien, dit le vilain. Par où êtes-vous entré ici ? Pourquoi êtes-vous entré dans la cuve ? »

1. *Manant* : habitant d'un bourg ou d'un village. Homme du peuple ; ici, le teinturier.

2. *Corporation* : regroupement d'artisans du même métier.

Renart répond : « Pour tremper et préparer cette teinture. C'est la méthode de Paris et de toute notre région. Maintenant, elle est prête à souhait. Aidez-moi à sortir et je vous dirai mes intentions. »

A ces mots, le manant, voyant la patte que Renart lui tend, l'extirpe comme une brute et lui arrache presque le bras. Quand Renart se voit sur la terre ferme, il dit deux mots au manant :

« Mon brave, occupe-toi de ton ouvrage car moi, je n'y connais rien du tout. J'étais tombé dans ta cuve et je l'ai échappé belle car (que le Saint-Esprit m'assiste !) j'aurais dû y périr noyé. J'ai craint pour mes os mais, grâce à Dieu, j'en suis sorti. Ta teinture prend très bien : me voilà devenu jaune vif. Jamais on ne me reconnaîtra dans aucun lieu où l'on m'a déjà vu. J'en suis fort aise, Dieu m'est témoin, car le monde entier me hait. Restez donc ici. Pour moi, je pars chercher fortune dans ce bois. »

Là-dessus, il le quitte et s'enfuit vers un essart.

Renart médecin

Sachant le roi malade, Grimbert va chercher son cousin Renart afin qu'il guérisse Noble et rentre ainsi en grâces. Le souverain le prie de le soigner.

« Vous, Renart, occupez-vous de moi, dépêchez-vous de prendre vos dispositions ! Le mal dont je souffre m'a ôté la vue, et je ne pense pas voir la Pentecôte. Je ne puis vous dire seulement la moitié des souffrances que mes brûlures me font endurer.

— Vous serez guéri, répondit Renart, avant trois jours. Apportez-moi un urinal[1], et j'y diagnostiquerai votre mal. »

L'urinal apporté, Noble s'est laissé glisser du lit, et a rempli le récipient plus qu'à moitié.

« Bien, bien ! » dit Renart qui a levé l'urinal, puis ajouté : « Dieu me sauve ! La fièvre est encore bien forte, mais je possède la potion qui la fait tomber. Sire Noble, il faut me prêter une grande attention : voulez-vous guérir de ce mal, oui ou non ?

— Oui, répondit Noble, c'est mon plus cher désir.

1. *Apportez-moi un urinal* : l'examen des urines du malade aidait au diagnostic.

— Alors, faites-moi fermer ces portes et apporter tout ce que je vous demanderai. J'extirperai cette maladie de votre corps et je chasserai la fièvre quarte[1] qui vous empuantit l'haleine.

— Très volontiers, répondit Noble : tu auras tout ce qui t'est nécessaire.

— Sire, dit l'autre, prenez bonne note de ceci : tout d'abord, il me faut la peau du loup, y compris celle de sa hure[2]. Tous vos parents pourront voir comme je m'y entends en astronomie, car je vous aurai sauvé. »

Ces propos remplissent d'épouvante Isengrin qui crie merci à Dieu : il n'y a pas d'autre loup que lui dans la salle. Voici venu pour Renart le jour de la vengeance. Noble retrousse ses babines, contemple l'assistance, puis, tout pensif, fixe le loup à qui il dit : « Mon très cher ami, vous pouvez aider à me soulager de ce grand mal.

— C'est la vérité, ajouta Renart. Il lui est facile de vous aider, il lui est facile de vous prêter sa peau, car nous entrons dans la nouvelle saison et sa peau aura tôt fait de repousser, il ne souffrira pas du froid, même s'il est nu.

1. *Fièvre quarte* : forte fièvre intermittente.
2. *Hure* : tête d'un animal.

— Sire, répliqua Isengrin, ne faites pas cela ! Voulez-vous donc déshonorer vos sujets ? Ce n'est pas une mince affaire que de me dépouiller de ma pelisse.

— Parbleu, dit le roi, Isengrin est d'une rare politesse pour oser me contredire. Il va en être récompensé. Attrapez-le séance tenante et écorchez-le sur-le-champ ! »

On l'attrapa donc de tous les côtés, par les bras et par les pieds, et on le dépouilla de sa peau. Quel calvaire pour le malheureux qui sort au trot de la salle, après avoir largement payé son écot[1] !

« Sire, reprit Renart, je vous en prie, ne perdez pas de temps à vous prononcer. Il vous faut prendre, sur les bois du cerf, dans toute sa longueur, le nerf principal, en le tirant en arrière, car j'ai vu dans l'urine votre maladie et le remède pour vous guérir : il faut vous le procurer, c'est nécessaire ; il faut aussi découper sur son dos une lanière qui vous soulagera beaucoup, soyez-en sûr, si vous en faites une ceinture. Ainsi serez-vous à l'avenir préservé de toute fièvre, de toute goutte[2], je l'ai vu dans l'urinal.

— C'est bien possible », dit le roi, qui,

1. *Son écot* : sa part.

2. *Goutte* : maladie inflammatoire des articulations.

voyant Brichemer assis à la table, le désigna de sa patte, car il était incapable de bouger la tête. Sur l'ordre du roi, le cerf fut mis à mal. On le renversa ; d'un bout à l'autre du dos, on découpa une lanière avec un couteau, non sans lui lacérer la peau ; on brisa ses bois, puis on le chassa de la salle. Ces deux-là ont largement payé leur part. Jamais plus, dans une foire ou un marché, ils n'auront à régler aucun droit, on les en dispensera partout.

« Tibert, dit alors Renart, approche-toi ! Tu nous laisseras bien quelque chose de ta personne : on va te dépouiller de ta peau pour en envelopper les pieds de monseigneur. » Tibert commença à gronder, mais, comme ce n'était pas le moment de répondre ni de discuter devant tout le monde, car il n'y avait aucun parent, il bondit, fit ses préparatifs et, sans prendre congé, s'éloigna de la cour. La porte étant fermée, il sauta par un trou qui se trouvait en hauteur. Il s'en alla donc à toute vitesse et se réfugia dans un enclos.

« Celui-ci s'en va, dit alors Renart. Maudit soit mon géniteur, si je peux tenir le chat entre mes mains et que je ne le lui fasse pas payer ! »

Renart, regardant autour de lui, vit les

barons angoissés par ses gestes. Chacun craignait pour sa peau. Renart appela Roenel :

« Fils de rien, teigneux, prépare-moi un feu en vitesse, prends-moi la peau du loup, lave-la, essuie-la, et étends-la devant moi.

— Bien volontiers, seigneur, puisque vous le souhaitez. On fera tout ce que vous voudrez.

— Quant à vous, sire Grimbert le blaireau, vite, par ici, à genoux ! Et vous, Belin, approchez-vous ! »

Ils accourent tout affolés. « Courez vers monseigneur, et que Dieu vous couvre de honte ! Allez, dépêchez-vous, ne perdez pas une minute, apportez monseigneur. » Ils s'exécutent dare-dare. Renart a pris un onguent[1].

« Sire, dit-il, je vous guérirai, je supprimerai cette fièvre. Mais il vous faudra souffrir un peu.

— Mon plus vif désir, répondit Noble, c'est d'être guéri de cette maladie qui m'a ôté toutes mes forces. » Renart le fit s'allonger sur le ventre, puis lui mit dans le nez de son ellébore[2] qui était un remède très actif.

1. *Onguent* : pommade.

2. *Ellébore* : plante médicinale qui guérit les intestins.

Aussi le roi commença-t-il à s'échauffer et à enfler et à s'agiter tant et si bien qu'un gros pet lui échappa et qu'il éternua sans cesser de se démener. Le roi n'était pas à la noce, enflé, éternuant, la peau du dos mouillée de sueur.

« Me voilà enflé à éclater, dit Noble.

— Ne vous tourmentez pas, répondit Renart. Vous êtes guéri, vous n'avez plus rien à craindre. »

Et le roi aussitôt de péter, sous l'effet de la potion qui lui échauffait les boyaux. Renart l'étendit à côté du feu, puis prit la peau du loup dans laquelle il coucha le lion. Sortant ensuite une autre potion, il la fit avaler à son seigneur qui, dès qu'il en eut goûté, ne ressentit plus mal ni faiblesse.

« Je suis guéri, déclara-t-il, mille fois merci ! Je vous fais maître de ma terre. Vous pourrez faire la guerre à qui vous voudrez, je vous viendrai en aide, et vous donnerai deux beaux châteaux. Me voici complètement guéri, je n'ai plus mal du tout, vous en serez largement récompensé.

— C'est Dieu qu'il faut remercier, si j'ai pu vous guérir. Sire, je voudrais maintenant m'en aller rassurer Hermeline que je n'ai pas vue depuis deux mois et qui sera très heureuse de me revoir. Je lui donnerai de vos nouvelles qu'elle aura plaisir à entendre. Sire, Brichemer me hait, bien que je ne lui aie fait aucun mal, tout comme Isengrin votre prévôt[1]. Les torts sont de leur côté, c'est évident; toutefois, s'ils pouvaient me prendre, ils me feraient mourir dans les pires souffrances. Sire, donnez-moi une bonne escorte qui m'évite tout ennui. — Bien volontiers», répondit Noble qui fit donc partir cent chevaliers, lesquels chevauchèrent si fort qu'ils arrivèrent à Thérouanne un bon moment avant midi, après avoir épuisé leurs montures.

L'escorte s'en retourna, tandis que Renart pénétrait dans sa tanière, bien vengé de ses ennemis. Il resta dans son château pendant une longue période, car il craignait pour sa sécurité.

Le moniage[2] de Renart

Pour mettre un terme à la guerre que se font toujours Isengrin et Renart, le roi décide qu'ils vont s'affronter en duel devant la cour; le perdant sera condamné à mort. C'est Renart qui est vaincu et va donc être pendu.

1. *Prévôt* : officier chargé de police et de justice.
2. *Moniage* : état de moine.

Tandis que Belin confessait Renart, survint frère Bernard qui arrivait de Grandmont. Trouvant Grimbert tout affligé, il lui demanda comment il se faisait que le roi eût ordonné de pendre Renart sur-le-champ, sans que personne le défendît. L'explication donnée, il éprouva une grande peine à l'idée que l'on allait tuer Renart. Il était d'un naturel fort généreux, très courtois, sans rien d'un vilain[1]. Il l'a ressentie au fond de son cœur à la vue du grand chagrin que manifestent Grimbert le blaireau et Épineux le hérisson.

Dès qu'il eut le plaisir de distinguer le roi, il lui fit un salut plein d'onction[2]. Le roi se lève : il ne connaît pas de frère qu'il affectionne autant; il le fait asseoir auprès de lui. Le frère se met à le prier de bien vouloir, par Dieu, consentir à lui laisser Renart sain et sauf.

« Donnez-le-nous pour servir Dieu qui accepta de mourir pour nous ! Pour l'amour de Dieu, donnez-le-nous ! Renart, je compte le faire ordonner moine, lui qui s'est vanté de l'avoir été : il n'aura pas son égal dans le monde entier. » Et le frère d'ajouter pour l'empereur :

1. *Vilain* : homme sans noblesse, paysan.
2. *Onction* : douceur persuasive.

« Dieu ne veut pas la mort du pécheur, mais qu'il se confesse et se conduise bien : alors le chrétien sera sauvé. Si Renart est accusé de tromperie, il est au moins sur le chemin du repentir. »

Noble juge que le frère a bien parlé. Il ne veut rien lui refuser de ce qu'il peut lui demander ou lui ordonner de faire. Il lui remet Renart de bonne grâce sans plus de discussion. Le frère a donc délivré Renart et fait de lui un religieux de sa maison. Les frères lui donnent des poissons pour l'attirer, ils lui enseignent avec soin les préceptes de leur ordre et le revêtent de l'habit monacal. Le sale vaurien, l'obstiné, en moins de quinze jours, le voilà guéri ; lui qui a été si malmené, le voilà tout à fait guéri et rétabli. Il a traversé bien des mauvaises passes. Il retient ce qu'on lui prêche, il ne donne pas l'impression de manquer de zèle, il accomplit tous les gestes d'un bon moine : les frères le tiennent pour très sage, ils l'estiment et l'aiment beaucoup. Et voici maintenant qu'on l'appelle frère Renart. Plein de zèle, il se rend volontiers à la sainte église. Souvent il se souvient des poules dont il avait l'habitude de ronger l'échine. Il a de la peine à observer les stations, car il est la proie de fréquentes tentations. Son habit lui va très bien, il se conduit de façon fort dévote et s'applique à suivre la règle, en sorte que l'on n'a rien à lui reprocher.

Un jour, après la célébration de la messe que Renart avait fort dévotement écoutée, il sortit de l'église le tout dernier, tenant dans sa main un psautier[1]. Or un bourgeois du nom de Thibaud le riche avait donné aux moines quatre chapons[2] bien dodus : ce bourgeois n'était ni avare ni chiche envers eux. Renart a aperçu les chapons : il regrettera de ne pouvoir les croquer, il pense bien s'en régaler.

« Par Dieu, dit-il, dans ma famille personne ne s'abstient de manger de la viande. Je n'ai pas prononcé un tel vœu[3]. Je le considérerais comme une bonne plaisanterie : celui qui me contraindrait à ce vœu, voudrait ma perte, Dieu le sait. Je ne saurais me priver de viande. Si l'occasion s'en présente, je montrerai ce que je sais faire, sans souci des médisants. »

Le jour s'en va, la nuit vient. Renart pense aux chapons, sans parvenir à les oublier.

1. *Psautier* : livre de psaumes, de chants religieux.
2. *Chapons* : poulets, jeunes coqs châtrés que l'on engraisse pour la table.
3. *Un tel vœu* : le moine prononce trois vœux ou engagements : pauvreté, chasteté, obéissance.

Rompant son vœu d'obéissance, il se dirige vers les chapons et leur casse les reins, il en mange un qu'il a frappé au cœur et enterre les trois autres qu'il viendra chercher le lendemain. Après les avoir bien recouverts de terre, il retourne se coucher, sans que personne se soit rendu compte de sa ruse ni du larcin qu'il a commis. Voilà la bonne aubaine qui lui est échue, il revient vite à son naturel. Le lendemain, après les matines[1], Renart qui aime tant les poules a de nouveau déjeuné d'un des chapons, avant de retourner au monastère. Il dévora le troisième à l'insu de tout le monde, mais, alors qu'il mangeait le quatrième, passa un frère qui se rendit compte que Renart le roux les trompait. Une fois la nouvelle rapportée au couvent, Renart en reçut de nombreux reproches. Il voulut offrir réparation, mais frère Bernard ne put le supporter, car le goupil avait déjà mangé un corbeau que les moines avaient dans leur pré. Il avait commis à leurs dépens tant de larcins qu'il comprit qu'il s'était causé du tort. Les frères le défroquèrent[2] et le congédièrent : comme il était gras et dodu, il ne désirait rien

1. *Matines* : (service religieux de) minuit.
2. *Défroquer* : enlever son froc, ou habit de moine.

d'autre que d'être hors de leurs mains. Cette perspective le comblait de joie, car la vie monastique ne lui convenait pas. Il prend la route pour s'en aller. Il continuera à persécuter Isengrin. Chassé par les moines, il s'en va tout seul, sans personne pour l'accompagner, se répandant en menaces contre ses ennemis qui ont été la cause de ses tourments. Il jure par sa tonsure de ne jamais renoncer à sa colère contre Isengrin et Tibert qui lui ont valu tant de souffrances. Roenel, tapi dans une haie, le voit de loin et l'accable de ses sarcasmes en criant : « Voilà le moine que nous aurions dû pendre. » Renart n'a pas envie de plaisanter, il prend résolument le parti de s'éloigner, jusqu'à ce qu'il arrive dans sa tanière où il retrouve sa chère femme. Elle éprouva beaucoup de joie à le voir, elle se réjouit en son cœur car elle avait beaucoup souffert de la défaite qu'Isengrin avait infligée à son époux. Ses deux fils lui font fête lorsqu'ils voient leur père en vie ; du moment qu'ils le voient revenir en bonne santé, personne ne pourrait ternir leur joie. La maison était fort bien parée. Renart, tonsuré comme un prêtre, avait grand appétit. Il ordonna d'aller chercher l'eau qu'on lui a aussitôt apportée. Et ses fils ont dressé la table.

Le partage des proies

Noble, Isengrin et Renart ont chassé ensemble. Le roi demande à Isengrin de faire le partage.

« Il est temps d'aller à notre proie et de la partager d'urgence. Isengrin, approchez, et chargez-vous de cette tâche ; il serait scandaleux que chacun n'en eût pas sa part.

— Sire, approuva le loup, par saint Médard, si tel est votre bon plaisir, c'est aussi mon vœu le plus cher car mon estomac crie famine. En premier lieu, je considère que nous avons ici un taureau, une vache et un veau et qu'il nous faut les partager. »

A ce moment lui revient en mémoire une vérité que l'on se plaît à répéter :

« Lorsqu'on connaît le bien et que l'on fait le mal, il est normal que l'on s'en repente. »

Puis il se dit qu'il préférerait se balancer au bout d'une corde plutôt que d'accorder une part à Renart. Il va faire tout son possible pour l'exclure du partage. Qu'il aille donc chasser ailleurs !

« Sire, conclut-il — Dieu me garde ! — la meilleure solution me semble être que, de cette belle proie, vous gardiez ce taureau pour votre usage personnel, et aussi cette petite génisse, car Sa Majesté la reine la trouvera bonne et savoureuse, tant sa chair est grasse et tendre à souhait. Pour moi, je suis peu exigeant, je me contenterai de ce veau. Quant à ce type à la sale peau rousse, il n'aime pas ce genre de nourriture ; qu'il aille donc chercher ailleurs de quoi manger ! »

Ce n'est pas rien qu'un grand seigneur : il veut tout voir plier à son caprice, il ne veut rien partager, il veut tout garder pour lui. Par Dieu, Isengrin aurait dû s'en souvenir, avant de procéder au partage. Noble hocha légèrement la tête, lorsqu'il eut entendu la proposition, il en fut peu satisfait car, au fond de lui-même, il tenait à se réserver l'ensemble, en dépit de ses belles paroles. Il avança de deux pas, leva la patte droite et frappa si brutalement la joue d'Isengrin qu'il en a enlevé la chair et qu'il l'a fait abondamment saigner. Il se tourna alors vers Renart en disant : « A vous de partager : nous allons entendre votre proposition, seigneur Renart, vous qui avez tant d'expérience.

— Sire, répond Renart, vous ne devez pas tenir de tels propos, pour dire le vrai ; au nom de la Sainte Charité, dès lors qu'il s'agit de vous, il ne peut être question de partage. Prenez donc tout ce que vous voulez et donnez-nous ce que vous voudrez car vous savez bien qu'au regard du droit, la proie vous revient en totalité.

— Par la foi que j'ai dans le saint *Pater Noster*[1], protesta le roi, cette attitude n'est pas de mise ici : je veux que vous partagiez la proie, avant de partir.

— Sire, puisque vous le voulez, je m'incline, dit Renart. Il me semble, autant que j'en puisse juger, comme le disait Isengrin, que la meilleure solution consiste à vous donner le taureau : il ne peut tomber en de meilleures mains. La vache, elle, sera pour ma Dame, car elle est grasse et tendre. Quant à votre fils qui est de cette année et qu'on a sevré, il recevra, si vous y consentez, pour son repas ce petit veau bien tendre qui tète encore sa mère, et qui n'aura pas huit jours demain. Cependant, moi et ce rustre que voilà, nous irons chercher fortune ailleurs. »

Le roi est fort heureux de l'entendre. Lorsqu'il voit et entend que tout lui revient, il tressaille d'aise :

« Renart, dit-il, Dieu te sauve, dis-moi donc en toute franchise le nom de celui qui t'apprit à partager.

1. *Pater Noster* : en latin, signifie « Notre Père », premiers mots d'une prière des chrétiens.

— Sire, répond Renart, par sainte Lucie, c'est cet individu qui porte un chaperon rouge. Je n'eus pas d'autre maître que lui. J'ignore s'il est clerc[1] ou prêtre, pour porter une tonsure rouge[2], mais ce doit être un personnage important, peut-être un pape ou un cardinal.

— Renart, tu es très malin, dit Noble, et tu n'as pas la langue dans ta poche. Il faut être fou pour t'employer comme berger, car, sur ma tête et mes yeux, tu es l'animal le plus intelligent de tout mon royaume; tu retiens bien ce que tu entends, et c'est le propre du sage que de se corriger par l'exemple d'autrui. Tu t'en es bien tiré, à mon avis. Restez donc tous les deux ici; moi, je vous laisse. Dis à Isengrin de veiller à partager correctement la prochaine fois, sinon, il risque de se tirer d'affaire encore plus mal. Restez donc : moi, je ne peux plus m'attarder et je m'en vais. Vous pouvez chasser, si vous le voulez, dans ce bois pour avoir à dîner car je tiens à emporter ma proie. Vous et Isengrin, sans mentir, je vous jure que vous faites de bons partages. »

1. *Clerc* : savant ; les moines faisaient partie de ceux qui étaient savants.

2. *Pour porter une tonsure rouge* : il s'agit bien sûr d'Isengrin blessé.

— ~~latin (exercices)~~

— ~~violon~~

— piano

— ~~ranger les bagages~~ -

~~solfège ééééé~~

p[...]ières, quel que soit l'é[...]
mais elles doivent bien se g[...]
manière aux secondes, dans[...]
sans cesse de place et où l'[...]
mouvant des choses humai[...]
le fixe. L'immobilité dans les[...]
daires ne me paraît une cha[...]
société civile elle-même est [...]
je suis porté à croire que c'[...]

Nous verrons que, parmi t[...]
lité fait naître ou favorise, [...]
particulièrement vive et qu'[...]
dans le cœur de tous les hom[...]
être. Le goût du bien-être fo[...]
et indélébile des âges démo[...]

Il est permis de croire qu'[...]
drait de détruire cette passion[...]
par elle ; si elle voulait arrach[...]
à la contemplation des bie[...]
livrer uniquement à la pen[...]
peut prévoir que les âmes s'[...]
ses mains, pour aller se pl[...]
seules jouissances matérielle[...]

La principale affaire des [...]
régler et de restreindre le [...]
exclusif du bien-être que re[...]
les temps d'égalité ; mais je [...]
d'essayer de le dompter ent[...]
Elles ne réussiront point [...]
de l'amour des richesses ; [...]
leur persuader de ne s'enr[...]
honnêtes.

Ceci m'amène à une derni[...]

LA MORT ET LA PROCESSION DE RENART

Tenu pour mort, Renart est enterré en grande pompe. Le voilà sur le point d'être enseveli...

Voici Renart dans la fosse.

Mais au moment où Brun s'apprête à le recouvrir de terre, le goupil ouvre les yeux, bondit en emportant Chantecler qu'il est obligé de relâcher, car il est serré de près par un mâtin.

Tardif le limaçon l'arrache au chien, mais les gens du roi se saisissent de lui. Noble menace de le détruire. Renart se défend en accusant de trahison Chantecler qui a essayé de le faire enterrer vif. Le coq, outré de cette impudence, réclame de se battre en champ clos contre le goupil. Bataille féroce : le sang coule à flots. Renart, l'oreille droite arrachée, l'œil gauche crevé, en est réduit à faire le mort. Il est traîné dans un fossé. Le roi et ses barons retournent à leur hôtel.

Le corbeau Rohart et la corneille Brune en profitent pour s'acharner sur le pseudo-cadavre, mais, d'un coup de dent, le goupil arrache une

cuisse au corbeau et l'emporte à Maupertuis. Brune et Rohart vont se plaindre au roi. Grimbert propose d'aller chercher Renart en compagnie du milan Hubert.

Le goupil refuse de suivre son cousin à qui il demande de dire au roi qu'il a succombé à ses blessures et qu'il est enterré au pied d'une aubépine, dans une tombe où repose déjà un vilain du nom de Renart. Quand il apprend la nouvelle, le roi se reproche d'avoir laissé périr son meilleur baron.

À VOUS DE JOUER

TESTEZ

VOTRE ATTENTION

VOTRE MÉMOIRE

VOS CONNAISSANCES

VOTRE PERSPICACITÉ

DRÔLES DE NOMS POUR DES ANIMAUX

1. *Parmi les animaux du* Roman de Renart, *quelques noms de personnages ont été créés à partir d'un détail physique ou moral. Le lion, par exemple, s'appelle Noble et le nom de la lionne est Fière. Reliez chaque nom de la colonne de gauche à celui qui lui convient dans la colonne de droite.*

l'ours ●	● Petitfouineur
le chameau ●	● Pelé
le paon ●	● Espineux
le lièvre ●	● Tardif
le hérisson ●	● Musart
le rat ●	● Brun
le furet ●	● Petitpas
l'écureuil ●	● Renart
le limaçon ●	● Chauve
le goupil ●	● Couart
la souris ●	● Dame Blanche
l'hermine ●	● Petitpourchas
le putois ●	● Rousselet

2. ***Quels sont les noms qui pourraient convenir à chacun de ces animaux que vous avez rencontrés dans le* Roman de Renart *?***
Faites votre choix.

Isengrin, le loup ●		● Chanteur
Baucent, le sanglier ●		● Braillard
Belin, le mouton ●		● Costaud
Bernard, l'âne, archiprêtre ●		● Matois
Brichemer, le cerf ●		● Gourmet
Ferrand, le roncin ou cheval de charge ●		● Frisé
Frobert, le grillon ●		● Noiraud
Grimbert, le blaireau ●		● Rayé
Roenel, chien de garde ●		● Sauvage
Tiécelin, le corbeau ●		● Beaubois
Tibert, le chat ●		● Grison

3. ***À votre tour, amusez-vous à trouver un nom pour la belette, la mésange, le tigre, la panthère, la mouche (pour vous aider à trouver un nom à ces animaux, vous pouvez vous servir soit de leur physique, soit de leur caractère).***

....

....

....

....

....

....

DES EXPRESSIONS PLEINES DE BÊTES

1. ***Associez chaque trait de caractère (colonne de gauche) au nom d'animal qui lui convient le mieux (colonne de droite).***

Affamé comme	●	●	un agneau
Couard comme	●	●	une mule
Courageux comme	●	●	un chameau
Doux comme	●	●	un chat
Économe comme	●	●	un écureuil
Gourmand comme	●	●	une fourmi
Malin comme	●	●	un lièvre
Myope comme	●	●	un loup
Noir comme	●	●	un paon
Rusé comme	●	●	un corbeau
Sobre comme	●	●	un renard
Têtu comme	●	●	un singe
Vaniteux comme	●	●	une taupe
Vif comme	●	●	un lion

2. ***Complétez les expressions suivantes avec le nom d'animal qui convient.***

Se fourrer dans la gueule du ....
Éprouver un mal de ....
Avoir un .... dans la gorge.
Être à .... sur ses principes.
Être fait comme un ....
Faire l' .... pour avoir du son.
Jouer à saute-...
Payer en monnaie de ....
Avancer comme une ....
Vendre la peau de l'...

Jouez à être le héros du *Roman de Renart*

Avez-vous faim ? Oui.
Voulez-vous manger…

– du jambon ? ***Reportez-vous page*** .....
– un grillon ? ***Reportez-vous page*** .....
– du poisson ? ***Reportez-vous page*** .....
– des chapons ? ***Reportez-vous page*** .....
– du fromage ? ***Reportez-vous pages*** .....
– une poule ? ***Reportez-vous page*** .....
ou page .....
– de l'andouille ? ***Reportez-vous page*** .....
– un chat ? ***Reportez-vous page*** .....
ou page .....
– des anguilles ? ***Reportez-vous page*** .....
ou page .....
– un taureau ? ***Reportez-vous page*** .....
– n'importe quoi, mais vite ?
Reportez-vous page .....
– rien, car manger serait suicidaire aujourd'hui ?
Reportez-vous page .....
– un coq ? ***Reportez-vous page*** .....
– une vache ? ***Reportez-vous page*** .....
– un corbeau ? ***Reportez-vous page*** .....
– un veau ? ***Reportez-vous page*** .....
– une mésange ? ***Reportez-vous page*** .....

Après avoir mangé, vous avez soif.
Reportez-vous page .....

Vous êtes tombé dans un piège tendu par un chat.
Reportez-vous page .....

Aïe ! Les chiens vous ont poursuivi et vous voilà contraint de regagner Maupertuis, votre terrier-forteresse.

Vous voulez vous moquer de vos ennemis. De qui voulez-vous vous moquer ?

– d'un paysan qui vous poursuit ?
Reportez-vous page .....

– d'Isengrin qui bave d'envie devant les anguilles rôties ? ***Reportez-vous page*** .....

– de Tibert le chat en le faisant tomber dans un piège ? ***Reportez-vous page*** ..... ***ou page*** .....

– de Tibert le chat en lui faisant porter une andouille avant de le dévorer ? ***Reportez-vous page*** .....

– d'Isengrin qui cherche à aller au paradis ?
Reportez-vous page .....

Aujourd'hui, vous avez décidé d'être particulièrement méchant avec Brichemer le cerf et Isengrin. ***Reportez-vous pages*** ..... mais sachez qu'il sera désormais très difficile de faire la paix avec ces deux-là.

La tentative de réconciliation a échoué, et ce n'est pas tout à fait de votre faute, c'est vrai ; maintenant le roi Noble vous envoie chercher par votre cousin Grimbert et vous voilà condamné à la pendaison. Comment sortir de ce mauvais pas ?
Reportez-vous page ..... ***ou page*** .....

Vous vous confessez à votre cousin, le blaireau Grimbert. ***Reportez-vous page*** .....

Pour faire croire que vous allez changer de vie et ne plus dévorer votre prochain, préférez-vous devenir pèlerin ou moine dans une riche abbaye ?
Reportez-vous page ....., ***page*** ..... ***ou page*** .....

☛ Renart et ses métamorphoses

En quoi Renart se déguise-t-il dans les récits que vous avez lus ? Entourez les termes qui conviennent.

Barbier - Baron - Charbonnier - Colporteur - Croisé - Drapier - Médecin - Moine - Orfèvre - Pèlerin.

☛ « Il ne faut pas vendre la peau de l'ours... »

Retrouvez au moins deux épisodes où un personnage a vendu la peau d'une bête avant de l'avoir tuée.

....

....

....

....

☛ Renart : animal ou être humain ?

Renart est un animal, certes, mais aussi presque un être humain. Distinguez, dans le texte suivant, les termes qui appartiennent au registre animal et ceux qui se rapportent aux êtres humains.

Renart est poursuivi par les *barons* de Noble : « Tous le couvrent de menaces et *jurent* que rien - ni *clôture*, ni *murailles*, ni *fossés*, ni *palissades*, ni *forteresse*, ni *donjon*, ni *trou*, ni *tanière*, ni *buisson* - ne pourra empêcher qu'il ne soit pris, *livré au roi* et *pendu*. Renart voit qu'il ne peut leur résister ni par la fuite, ni par la course. La *gueule écumante*, il est talonné par tous les autres qui arrachent sa *pelisse* dont les *touffes* s'envolent... »

(Branche I : « Le jugement de Renart »)

	animal	humain
barons		
jurent		
clôture, murailles, fossés, palissades, forteresse, donjon		
trou, tanière, buisson		
livré au roi et pendu		
gueule écumante		
pelisse		
touffes		

Amis ou ennemis ?

Classez en deux colonnes les animaux suivants. Dans la première figureront les amis de Renart ; dans la deuxième, ceux qui lui sont hostiles. Attention ! Selon les épisodes, un animal peut changer de camp !

	Amis de Renart	Ennemis
Isengrin, le loup	❏	❏
Baucent, le sanglier	❏	❏
Belin, le mouton	❏	❏
Brichemer, le cerf	❏	❏
Frobert, le grillon	❏	❏
Grimbert, le blaireau	❏	❏
Hermeline, la renarde	❏	❏
Malebranche, renardeau	❏	❏
Noble, le lion	❏	❏
Percehaie, renardeau	❏	❏
Roenel, chien de garde	❏	❏
Rovel, renardeau	❏	❏
Tiécelin, le corbeau	❏	❏
Tibert, le chat	❏	❏

Jouons avec des mots

1. Chassez l'intrus de chacune de ces listes.

a. benêt - bête - dupe - naïf - niais - simple - simplet - madré.

b. astucieux - avisé - calculateur - cauteleux - débrouillard - dégourdi - fin - flatteur - futé - hypocrite - nigaud - malicieux - malin - prudent - retors - roué.

2. Répartissez les noms suivants en deux groupes, suivant leur genre.

artifice - astuce - duperie - feinte - finesse - fourberie - habileté - hypocrisie - manœuvre - matoiserie - mensonge - ruse - stratagème - tour - tromperie.

Noms masculins : ....

....

Noms féminins : ....

....

MOTS CROISÉS

Horizontalement :

1. Nom d'un récit du *Roman de Renart.*
2. Adjectif : fort en opérations !
3. Synonyme de prudent et avisé. On retrouve une partie du mot dans précaution.
4. Plan imaginé par Renart pour tromper quelqu'un.
5. Nom du goupil, héros du roman.
6. Adjectif qui caractérise bien Renart quand il doit se tirer d'un mauvais pas.
7. Synonyme de rusé.
8. Nom du roi.
9. Le terrier-forteresse de Renart.

Verticalement :

A. L'adversaire principal de Renart.
B. Le corbeau.
C. N'est qu'un benêt.
D. Surpris, sans voix.

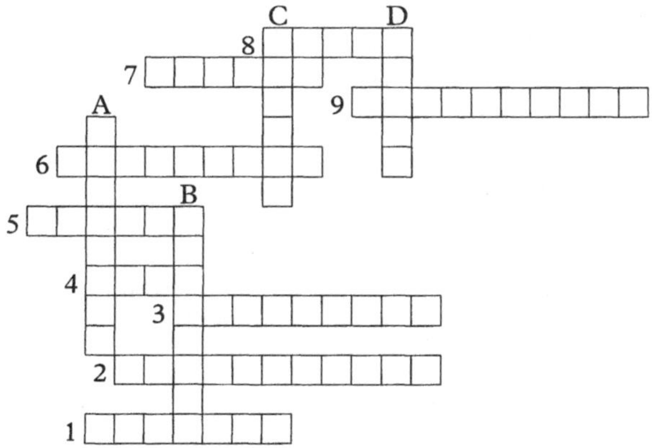

Les animaux de Jean de La Fontaine

À quel passage du* Roman de Renart *vous fait penser chacune de ces fables ?

Le Renard et le Bouc

Capitaine Renard allait de compagnie
Avec son ami Bouc des plus haut encornés.
Celui-ci ne voyait pas plus loin que son nez ;
L'autre était passé maître en fait de tromperie.
La soif les obligea de descendre en un puits.
  Là chacun d'eux se désaltère.
Après qu'abondamment tous deux en eurent pris,
Le Renard dit au Bouc : Que ferons-nous, compère ?
Ce n'est pas tout de boire, il faut sortir d'ici.
Lève tes pieds en haut, et tes cornes aussi :
Mets-les contre le mur. Le long de ton échine
  Je grimperai premièrement ;
  Puis sur tes cornes m'élevant,
  À l'aide de cette machine,
  De ce lieu-ci je sortirai ;
  Après quoi je t'en tirerai.
– Par ma barbe, dit l'autre, il est bon ; et je loue
  Les gens bien sensés comme toi.
  Je n'aurais jamais, quant à moi,
  Trouvé ce secret, je l'avoue.
Le Renard sort du puits, laisse son compagnon,
  Et vous lui fait un beau sermon
  Pour l'exhorter à patience.
Si le ciel t'eût, dit-il, donné par excellence
Autant de jugement que de barbe au menton,
  Tu n'aurais pas, à la légère,
Descendu dans ce puits. Or, adieu, j'en suis hors.
Tâche de t'en tirer, et fais tous tes efforts :
  Car pour moi, j'ai certaine affaire
Qui ne me permet pas d'arrêter en chemin.
En toute chose il faut considérer la fin.

« Le Renard et le Bouc » ***fait penser à*** ....

....

....

Le Coq et le Renard

Sur la branche d'un arbre était en sentinelle
Un vieux Coq adroit et matois.
Frère, dit un Renard, adoucissant sa voix,
Nous ne sommes plus en querelle :
Paix générale cette fois.
Je viens te l'annoncer ; descends que je t'embrasse.
Ne me retarde point, de grâce :
Je dois faire aujourd'hui vingt postes sans manquer.
Les tiens et toi pouvez vaquer
Sans nulle crainte à vos affaires ;
Nous vous y servirons en frères.
Faites-en les feux dès ce soir.
Et cependant viens recevoir
Le baiser d'amour fraternel.
– Ami, reprit le Coq, je ne pouvais jamais
Apprendre une plus douce et meilleure nouvelle
Que celle
De cette paix ;
Et ce m'est une double joie
De la tenir de toi. Je vois deux Lévriers,
Qui, je m'assure, sont courriers
Que pour ce sujet on envoie.
Ils vont vite, et seront dans un moment à nous.
Je descends ; nous pourrons nous entre-baiser tous.
– Adieu, dit le Renard, ma traite est longue à faire :
Nous nous réjouirons du succès de l'affaire
Une autre fois. Le galant aussitôt
Tire ses grègues, gagne au haut,
Mal content de son stratagème ;
Et notre vieux Coq en soi-même
Se mit à rire de sa peur ;
Car c'est double plaisir de tromper le trompeur.

« Le Coq et le Renard » ***se rapproche de*** ....

....

et de ....

....

SOLUTIONS

DRÔLES DE NOMS POUR DES ANIMAUX !

1. l'ours : Brun / le chameau : Musart / le paon : Petitpas / le lièvre : Couart (le lièvre est aussi appelé Galopin) / le hérisson : Espinard / le rat : Pelé / le furet : Petitpourchas / l'écureuil : Rousselet / le limaçon : Tardif / le goupil : Renart / la souris : Chauve / l'hermine : Dame Blanche / le putois : Petitfouineur.

2. Isengrin, le loup : Noiraud / Baucent, le sanglier : Sauvage / Belin, le mouton : Frisé / Bernard, l'âne, archiprêtre : Grison / Brichemer, le cerf : Beaubois / Ferrand, le roncin ou cheval de charge : Costaud / Frobert, le grillon : Chanteur / Grimbert, le blaireau : Rayé / Roenel, chien de garde : Braillard / Tiécelin, le corbeau : Gourmet / Tibert, le chat : Matois.

DES EXPRESSIONS PLEINES DE BÊTES

1. Affamé comme un loup / Couard comme un lièvre / Courageux comme un lion / Doux comme un agneau / Économe comme une fourmi / Gourmand comme un chat / Malin comme un singe / Myope comme une taupe / Noir comme un corbeau / Rusé comme un renard / Sobre comme un chameau / Têtu comme une mule / Vaniteux comme un paon / Vif comme un écureuil.

2. Se fourrer dans la gueule du loup / Éprouver un mal de chien / Avoir un chat dans la gorge / Être à cheval sur ses principes / Être fait comme un rat / Faire l'âne pour avoir du son / Jouer à saute-mouton / Payer en monnaie de singe / Avancer comme une tortue / Vendre la peau de l'ours.

JOUEZ À ÊTRE LE HÉROS DU *ROMAN DE RENART*

Voulez-vous manger...

– du jambon ? Reportez-vous page 71
– un grillon ? Reportez-vous page 73
– du poisson ? Reportez-vous page 48
– des chapons ? Reportez-vous page 124
– du fromage ? Reportez-vous pages 42-43
– une poule ? Reportez-vous page 19 ou page 98
– de l'andouille ? Reportez-vous page 77
– un chat ? Reportez-vous page 37 ou page 75
– des anguilles ? Reportez-vous page 50 ou page 53
– un taureau ? Reportez-vous page 127
– n'importe quoi, mais vite ? Reportez-vous page 112
– rien, car manger serait suicidaire aujourd'hui ? Reportez-vous page 127
– un coq ? Reportez-vous page 19
– une vache ? Reportez-vous page 127
– un corbeau ? Reportez-vous page 44
– un veau ? Reportez-vous page 127
– une mésange ? Reportez-vous page 31

Après avoir mangé, vous avez soif. Reportez-vous page 61

Vous êtes tombé dans un piège tendu par un chat. Reportez-vous page 40

Vous voulez vous moquer de vos ennemis. De qui voulez-vous vous moquer ?

– d'un paysan qui vous poursuit ? Reportez-vous page 29
– d'Isengrin qui bave d'envie devant les anguilles rôties ? Reportez-vous page 53
– de Tibert le chat en le faisant tomber dans un piège ? Reportez-vous page 38 ou page 118
– de Tibert le chat en lui faisant porter une andouille avant de le dévorer ? Reportez-vous page 80
– d'Isengrin qui cherche à aller au paradis ? Reportez-vous page 65

Aujourd'hui, vous avez décidé d'être particulièrement méchant avec Brichemer et Isengrin. Reportez-vous pages 116 et 117 mais sachez qu'il sera désormais très difficile de faire la paix avec ces deux-là.

Maintenant le roi Noble vous envoie chercher par votre cousin Grimbert et vous voilà condamné à la pendaison. Comment sortir de ce mauvais pas ? Reportez-vous page 108 ou page 122

Vous vous confessez à votre cousin le blaireau Grimbert.

Reportez-vous page 100

Préférez-vous devenir pèlerin, croisé ou moine dans une riche abbaye ? Reportez-vous page 73, page 103 ou page 122

Renart et ses métamorphoses

Baron - Croisé - Médecin - Moine - Pèlerin.

« Vendre la peau de l'ours... »

« Renart et les anguilles ». « Tibert et les deux prêtres ».

Renart : animal ou être humain ?

barons : humain
jurent : humain
clôture, murailles, fossés, palissades, forteresse, donjon : humain
trou, tanière, buisson : animal
livré au roi et pendu : humain
gueule écumante : animal
pelisse : humain
touffes : animal

Amis ou ennemis ?

Isengrin, le loup : ennemi / Baucent, le sanglier : ennemi / Belin, le mouton : ennemi / Brichemer, le cerf : ennemi / Frobert, le grillon : ennemi / Grimbert, le blaireau : ami / Hermeline, la renarde : amie / Malebranche, renardeau : ami / Noble, le lion : ami et ennemi tour à tour / Percehaie, renardeau : ami / Roenel, chien de garde : ennemi / Rovel, renardeau : ami / Tiécelin, le corbeau : ennemi / Tibert, le chat : ami et ennemi tour à tour.

Jouons avec des mots

1. Les intrus : a. madré / b. nigaud.

2. Noms masculins : artifice, mensonge, stratagème, tour.
Noms féminins : astuce, duperie, feinte, finesse, fourberie, habileté, hypocrisie, manœuvre, matoiserie, ruse, tromperie.

Mots croisés

Horizontalement : 1. Branche / 2. Calculateur / 3. Cauteleux / 4. Ruse / 5. Renart / 6. Astucieux / 7. Matois / 8. Noble / 9. Maupertuis.

Verticalement : A. Isengrin / B. Tiécelin / C. Nigaud / D. Ébahi.

Les animaux de Jean de La Fontaine

« Le Renard et le Bouc » fait penser à « Renart et Isengrin dans le puits ».
« Le Coq et le Renard » se rapproche de « Renart et Chantecler le coq » et de « Le Renart et la Mésange ».

GLOSSAIRE

Aune : ancienne mesure de longueur qui vaut environ 1,18 mètre.

Baron : homme libre, guerrier; ici, homme noble; grand seigneur du royaume, conseiller du roi.

Chapon : jeune coq châtré engraissé pour la table.

Clerc : tout homme savant, et souvent un moine.

Commère, compère : à l'origine, marraine et parrain d'un enfant baptisé (sens de ces mots dans l'épisode avec la mésange). Dès le Moyen Age, ces mots sont des appellations familières d'amitié : ami(e), compagnon, compagne.

Connétable : officier domestique chargé de l'écurie royale; chef de l'armée. Il prend parfois la place du sénéchal.

Corporation : regroupement d'artisans du même métier.

Courtil (de cour) : jardin clos de murs ou de haies.

Destrier : cheval de bataille ; le roncin était réservé aux écuyers, à ceux qui n'étaient pas encore chevaliers ; le sommier était le cheval de charge ; le palefroi était le cheval de voyage ou de parade.

Essart : terrain dont on a arraché les arbres, arbrisseaux et racines, pour le défricher ; ce mot se retrouve dans certains noms de villages.

Foi : respect de la parole donnée.

Gonfanon ou *gonfalon* : étendard de combat ; bannière militaire attachée au fût d'une lance et sous laquelle se groupaient les vassaux appelés par leur suzerain.

Goupil : ancien nom du renard.

Lice : femelle d'un chien de chasse.

Manant : habitant d'un bourg ou d'un village. Homme du peuple.

Mâtin : gros chien de garde.

Ménestrel : musicien et (ou) poète (simple exécutant et non créateur).

Merci : pitié, miséricorde. L'expression « être à la merci de quelqu'un », signifie être dans une situation où l'on dépend entièrement du bon vouloir et des caprices de quelqu'un d'autre. Bataille sans merci : bataille livrée sans pitié.

Moustier ou *moûtier* : monastère.

Once : la douzième partie d'un tout, une petite quantité ; ancienne unité de poids d'un grand nombre de pays, d'une valeur comprise entre 24 et 33 g.

Oriflamme (une) : bannière de soie rouge.

Palefroi : cheval de voyage ou de parade.

Pelisse : dérivé du latin classique « pellis », peau. Veste ou manteau ample et chaud, bordé ou doublé de fourrure.

Pied : unité de mesure représentant 30 cm environ.

Plessis : dépendances d'une maison entourée d'une haie ou d'une palissade.

Prévôt : officier chargé de police et de justice.

Prud'homme : homme vaillant et sage, loyal et entreprenant. Aujourd'hui le Conseil des prud'hommes est chargé de régler au mieux les conflits entre employés et employeurs.

Roncin : cheval réservé aux écuyers qui n'étaient pas encore chevaliers.

Sarrasins : nom donné au Moyen Age aux populations musulmanes de l'Orient, de l'Afrique et de l'Espagne.

Sénéchal : le grand sénéchal était le grand officier chargé de l'administration du palais. Il pouvait être également un officier de justice.

Sommier : cheval de charge. On parle aujourd'hui de bête de somme.

Vassal : homme qui a prêté hommage (c'est-à-dire service et obéissance) à un seigneur en échange d'un fief.

Veneur : du latin « venari », chasser ; grand veneur : chasseur qui dirige la chasse à courre.

Vilain : autre nom du paysan. Paysan libre, (par opposition au serf) ; habitant de la campagne (par opposition au bourgeois) ; roturier (par opposition au noble), souvent avec un sens méprisant. Ce mot vient du latin « villa » qui signifie ferme, métairie.

Illustrations : miniatures du XIVe siècle, Bibliothèque nationale, Paris. Clichés Bibliothèque nationale.

TABLE DES MATIÈRES

AU NOM DE LA LIBERTÉ
Poèmes de la Résistance (2106)

L'AUTOBIOGRAPHIE (2131)

BALZAC
Le Bal de Sceaux (2132)

BAUDELAIRE
Les Fleurs du mal (2115)

LA BIOGRAPHIE (2155)

ROBERT DE BORON
Merlin (2080)

CEUX DE VERDUN
Les écrivains et la Grande Guerre (2134)

LES CHEVALIERS DU MOYEN ÂGE (2138)

COLLODI
Pinocchio (2136)

CONTES DE L'ÉGYPTE ANCIENNE (2119)

LE CRIME N'EST JAMAIS PARFAIT
Nouvelles policières (2163)

DEFOE
Robinson Crusoé (2120)

DUMAS
Les Trois Mousquetaires.
1. Les Ferrets de la reine (2142)

DE L'ÉDUCATION
Apprendre et transmettre de Rabelais à Pennac (2137)

LA FARCE DU CUVIER et autres farces du Moyen Âge (2139)

FLAUBERT
La Légende de saint Julien l'Hospitalier (2111)

LES GRANDES HEURES DE ROME (2147)

HOLDER
Mademoiselle Chambon (2153)

HOMÈRE
L'Iliade (2113)
L'Odyssée (2125)

JARRY
Ubu Roi (2105)

LABICHE
Un chapeau de paille d'Italie (2114)

MAUPASSANT
La Parure et autres scènes de la vie parisienne (2124)

MÉRIMÉE
Mateao Falcone. Tamango (2104)
La Vénus d'Ille et autres contes fantastiques (2002)
Carmen (2145)

MOLIÈRE
Le Bourgeois gentilhomme (2133)
L'École des femmes (2143)

MYTHES ET DIEUX DE L'OLYMPE (2127)

LA PEINE DE MORT
De Voltaire à Badinter (2122)

RENARD
Poil de Carotte (2146)

ROBINSONNADES
De Defoe à Tournier (2130)

LE ROMANTISME (2162)

ROSTAND
Cyrano de Bergerac (2112)

ANNIE SAUMONT
Aldo, mon ami et autres nouvelles (2141)

SHAKESPEARE
Roméo et Juliette (2118)

MARY SHELLEY
Frankenstein (2128)

LE SURRÉALISME (2152)

TCHÉKHOV
Une demande en mariage et autres pièces en un acte (2108)

TITE-LIVE
La Fondation de Rome (2093)

VILLIERS DE L'ISLE ADAM
Véra et autres nouvelles fantastiques (2150)

VOLTAIRE
Micromégas (2135)

Cet ouvrage a été composé par EURONUMÉRIQUE
à 92120 Montrouge, France

GF Flammarion

02/04/94194-IV-2002 – Impr. MAURY Eurolivres, 45300 Manchecourt.
N° d'édition FG201419. – Janvier 1996. – Printed in France.